庫

佐助の牡丹

御宿かわせみ28

平岩弓枝

文藝春秋

目次

初出　「オール讀物」平成12年2月号〜10月号
（7月号をのぞく）
単行本　平成13年3月　文藝春秋刊

佐助の牡丹

江戸《えど》の植木市《うえきいち》

一

江戸の植木市といえば、まず一番に指を折られるのが薬研堀《やげんぼり》の不動尊の境内で催されるものだが、とりわけ正月二十八日は大層な賑いであった。

一年かかって集められたという珍品珍種が並ぶといわれ、買い手のほうも正月気分が抜けないから、まことに景気がよかった。

その植木市を楽しみにしていたのが、大川端の旅籠《はたご》「かわせみ」の老番頭の嘉助《かすけ》で、毎年出かけて行っては、なにやら一鉢買って来る。それらは「かわせみ」の裏庭の植木棚に並べられたり、時には土に移し替えられたりして丹精されていた。

けれども、今年、嘉助は珍しく月のなかばから風邪をひいていた。

「麻生《あそう》宗太郎《そうたろう》先生がおっしゃったじゃありませんか。年寄の風邪は一つ間違うと命取りになるから大事にしなけりゃいけないって。折角、宗太郎先生のお手当で咳も止りかけたし、熱も下ったっていうのに、植木市みたいな人ごみへ出かけてぶり返したら、とり返しがつきゃしませんよ」

と女中頭のお吉《きち》がまくし立てる。いつもなら、

「何をいってやがる。病気なんてものは、こっちが弱気になるからつけ上るんだ。第一、この俺が風邪でくたばってたまるもんけえ」

威勢よく口喧嘩を楽しむ筈の嘉助が、神妙に、

「全く、お吉さんのいう通りだ。今年は植木市なんぞ行かねえよ」

あっさり諦めてしまったようなのが、今度は気になってたまらなくなったお吉が、

「なんですか、番頭さんがかわいそうなんで、長助《ちようすけ》親分にでも頼んで、なんでもいいから一鉢買って来てもらいましょうか。でも、長助親分じゃ、植木のよし悪しもわからないでしょうし……」

と東吾《とうご》に相談した。そういうことになるとものわかりのいい東吾は、

「植木市は二十八日だったな。ちょうどいいよ、軍艦操練所のほうはどうにでもなるから、俺が薬研堀まで行って、みつくろって来よう」

即座にひき受けた。

実をいうと、この所、軍艦操練所の上層部に配置替えがあって、それが何となく後を曳いていた。東吾を高く評価してくれた勝安房守が軍艦奉行を辞任した恰好になってい

て、これまで大まかで自由な雰囲気のあった操練所の方針がぎくしゃくしている。

あまり、ものにこだわらない東吾だが、新しい上役は前任の軍艦奉行に目をかけられた者を意識的に疎外する様子が露骨で、冷飯食いをさせられることが多くなっていた。

それはそれで、出世欲のない東吾にしてみれば、冷遇されることで浮いた余暇を、今まで学びたかったものに当てればよいと割り切っている。つまり、お吉にいったように、どうにでもなる状態なのであった。

二十八日はよく晴れた。

なにしろ、四、五日前から気温が上って、平年なら立春から三十日めが開花といわれている本所亀戸《かめいど》の梅屋敷の臥龍梅がすでに満開になっているという。

「この陽気なら千春《ちはる》を連れて行ってもいいな」

朝餉《あさげ》の時に東吾が呟いただけで、千春は大喜びで跳ね廻っている。

るいは人ごみが苦手なので、

「でしたら、お吉をお供にお連れ下さいまし」

といい、給仕をしていたお吉が年甲斐もなく、喚声をあげた。

東吾一人ならともかく、女子供連れなので豊海《とよみ》橋の袂から舟を頼み、柳橋へ出た。

「なんですか、お花見の頃の陽気のようでございますね」

浮き浮きとお吉がいうように、川風がむしろ快い。

顔見知りの船頭は声自慢で、正月だからと千春のために近在の餅つき歌を歌いながら大川をさかのぼって行く。

祝儀を余分に渡して舟を下り、広小路のほうへ歩き出すと、

「お父さま、長助親分が……」

千春が指さした所に長助とお供らしい下っ引の松吉がいて、むこうもこっちをみつけたらしく人をかき分けて近づいて来る。

「若先生……」

「驚いたな。噂には聞いていたが、けっこうな人出じゃないか」

薬研堀不動への道を目で示しながら東吾がいい、長助がぼんのくぼに手をやった。

「若先生も植木市で……」

「嘉助の代理だよ」

「今年の風邪はひつっこいようで……」

「もう元気なんだが、内儀《かみ》さんやお吉が心配してね」

人の流れについて、東吾は千春を抱き、長助と肩を並べた。

「長助も植木市か」

「あっしは毎年、来てますんで。いつもなら午《ひる》すぎに出かけて来たんですが、そりゃあ人がこみ合います。まだしも今時分のほうがましだってんで、早目にやって来たところで……」

「今日は天気がいいから、人の出足も早いのかも知れないな」

前方に植木市がみえて来た。

ここの市は大きな鉢植えが多く、けっこう値の張るものが並んでいるが、それらはもっぱら客寄せで、無論、買い手がないわけではないが、大方の客は眺めて満足すると、反対側の手頃な鉢物の中から気に入ったのをえらんでいる。

「おまいりが先だな」

果たし眼《まなこ》になって植木棚を眺めているお吉の肩を叩いて、東吾は不動堂へ行った。

その周辺は蘭の鉢が多い。

「番頭さんが、花が咲いたら千春嬢さまが喜ばれるようなのをみつけて来いといいましたんで……」

参詣もそこそこに、お吉は父親の腕から下りた千春の手をひいて、あれかこれかと品定めをしている。

で、東吾は長助が気に入ったらしい万年青《おもと》の鉢物を、なんとか値引きさせようと躍起になっているのを面白そうに眺めていた。

その視線の中に、たまたま一人の男が入って来た。

年は五十をいくつか過ぎているのだろう。顔色が青黒く、みるからに不健康という感じがする。身なりは悪くなく、まあ本町通りあたりの大店の主人か番頭か。ただ、東吾が気になったのは、その男がひどく思いつめた表情をしていたことである。

賑やかな植木市でなかったら、首吊りの場所でも探しているかのようにさえ見える。

男が植木屋に訊いた。

弱々しい声で、この鉢の大きさはどのくらいかといっている。

植木屋が聞き返した。

それは水仙の鉢であった。植木屋は全体で二尺少々だと答えた。

「高さはそんなものだが……」

「鉢だ。鉢の高さは……」

「鉢だけの高さで」

ちょっと眉をしかめて、

「まあ一尺二、三寸かね」

何故、そんなことを訊くのかといった顔をした。

「口廻《くちまわ》りは……」

「へえっ」

「ここから、ここまでだよ」

男が鉢の上、水仙の植えてある土の部分を示した。

植木鉢だから、口は広く出来ている。

その附近に並べてある水仙の鉢は、口は広いが、深さのほうはそれほどなかった。

せいぜい、六、七寸ばかりである。

けれども、男が訊ねているのだけは鉢の型が違っていた。

壺形で、口の部分は他のより狭い。五寸そこそこかと東吾は目測した。口が狭いから、水仙は他の鉢物よりも少く植え込まれている。すとんとした壺形の鉢なので、深さは植木屋のいった通り、一尺二、三寸はあった。

とはいえ、ごく当り前の瀬戸焼の植木鉢である。

男が値を訊かず、それを買うといった。

植木屋のいった値段は安かった。そこに並べてある水仙の鉢についている値札のどれよりも安そうである。

男が金を払い、その水仙の鉢を抱えて立ち去った。足許が、なんとなくおぼつかない。

後姿を見送って、東吾は植木屋に近づいた。

「今の水仙の鉢だが……」

背の高い侍からいきなり声をかけられて、植木屋はぎょっとしたようだが、東吾の人なつこい笑顔に誘われたように、表情を和《やわら》げた。

「あれは、良いものなのか」

「鉢が、でござんすか」

「馬鹿に気に入ったようにみえたが……」

「へえ、まあ、そのようで……」

くすぐったそうに笑った。

「余っ程、いい植木鉢なんだろうな」

「御冗談を……」

首を軽くすくめた。

「鉢でござんしたら、そこらのものがずっと上物でござんして……」

こっちは九谷で、むこうに並んでいるのは入谷土器だといった。

「お武家さんに講釈をするのもすさまじいが、その昔、尾形乾山《けんざん》てえ京の焼物師が江戸へ出て来て、入谷でこせえたてえのが元祖なんで……」

「ほう、それで、入谷土器か。そいつは知らなかったよ」

「今のお客の持って行きなすったのは駄物だよ」

「二足三文か」

「そういっちゃあ、身も蓋もねえやな」

「鉢の形が気に入ったらしいな」

「お客の好き好きだからねえ」

千春が長助とやって来た。水仙の鉢が欲しいという。

「いいとも。好きなのをえらぶんだ」

千春が嬉しそうに手を叩き、植木屋は目を細くした。

「そういうことなら、こいつは如何で……。かわいいお姫さんに大負けに負けやすぜ」

水仙の鉢を買ったところへ、松吉が来た。

「お吉さんは、まだ迷っていなさるんで……」

東吾の代りに水仙の鉢を受け取った。

「いいから、好きなだけ迷わせておけ」

長助に訊いた。

「さっき、ここで、俺の前に水仙の鉢を買った親父を見たか」

「あれは、確か本町通りの松前屋の旦那ですが……」

「松前屋か」

「へえ、旦那の名前は、五郎兵衛だと思います」

海産物問屋の主人だといった。

「なにか、御不審でも……」

「いや、大店の主人にしては、安い買い物だったな」

「左様で……」

お吉が大声で呼んでいる。

「やっぱり、これが良いと植木屋さんはいうんですが……」

近づいた東吾に、植木屋がうんざりした顔でいった。

「いい加減に決めておくんなさいよ。他のお客の持ったのを片っぱしから、そっちがいいの、あっちがよかろう、まるで商売になりませんや」

早々に、東吾は言い値で金を払い、蘭の鉢を抱えて、植木市を逃げ出した。

二

二月になって、るいはお吉を供に本町通りの呉服屋へ出かけた。

母方の従兄の娘がこの春、嫁入りと決ったので、祝いに帯地を贈ることになったからだったが、その注文をすませて戻りかけると駿河町の通りに人が集まっている。

お吉が野次馬に聞くと、

「松前屋で売り立てが始まっているんでさあ」

という。

なんでも、松前屋の主人が歿《なくな》って、借金の穴埋めに家財道具を売るのだが、

「あそこの旦那は大層な骨董好きで、金に糸目をつけず豪勢なものを集めたそうだから、さぞかし大きな金が動くだろうよ」

と人々が噂をしているらしい。

「新しい年が始まったばかりだというのに、気の毒なことでございますね」

お吉が肩をすくめ、混雑を避けながら室町の通りを来ると、日本橋の近くに東吾が立っていて、傍に長助と畝源三郎《うねげんざぶろう》の姿がみえた。

「駿河町は野次馬で一杯だろう」

近づいて来たるいに東吾が声をかけ、長助がお吉にいった。

「こないだの植木市に来てなすった旦那が歿ったんだよ」

きょとんとしたお吉をみて、つけ加えた。

「若先生が水仙の鉢をお買いなすった店で、松前屋の旦那も買い物をしてなさったんだ」

「つい十日前じゃありませんか。そんなに急に歿ったんですか」

「倒れたのが、晦日だっていうからねえ」

「あの時も、顔色は悪かったよ。歩くのがやっとという感じでね」

東吾が口をはさみ、るいが首をかしげた。

「そんなお体で植木市へおみえになったんですか」

「余っ程、植木がお好きだったんですねえ」

とお吉がいい、東吾はなんとなく気持がひっかかったまま、

「買ったのは、安物の水仙の鉢だったがね」

と答えた。

「なんといいますか、あまり町内では評判のよくない旦那だったようで、稼業が傾きかかっているというのに、骨董狂いがやまなかったそうですよ」

いささか憮然とした調子で、源三郎が呟いた。

「お内儀さんとか、悴さんが意見でもしなすったらよかったのに……」

お吉がしたり顔でいい、長助が片手を振った。

「内儀さんも子供も、みんなあの世に行っちまってるんでさあ」

「なんですって……」

「若い時分は女道楽も相当なもんで、七人もあっちこっちに出来た子供が次々と死んじまって、五、六年前にはお内儀さんにまで先立たれたんだそうで、何かに祟《たた》られてるって噂もあるって話です」

「おお、いやだ」

お吉が身慄《みぶる》いしたのをきっかけに、東吾が源三郎にいった。

「それじゃ、俺達は行くよ。その中《うち》、一杯やりに来てくれ」

女達が挨拶をして歩き出し、るいが訊いた。

「貴方、どうしてあそこに……」

「講武所の帰りだよ。日本橋で源さんに出会って、松前屋が売り立てだと聞いたもんでね」

「骨董になんぞ、興味をお持ちでもないのに……」

「まあ、お前達に会えてよかったよ」

「畝様は、なんで、あちらに……」

「どえらいお宝が売られるんだ。集って来る奴は金持ばかりだろう」

懐中をねらう掏摸《すり》やひったくりにとっては、この上もない機会だろうと東吾は苦笑した。

「もっとも、源さんが出ばったのは、そんなけちなことじゃないらしい」

松前屋の財産を廻《めぐ》って訴訟が出ているためだといった。

「でも、お内儀さんもお子達も歿ったそうじゃありませんか」

「内儀さんの実家と、親類とが、大さわぎしているんだとよ」

金のあるのも楽じゃないといいながら、三人は日本橋川を左手に眺めて「かわせみ」へ帰ったのだったが。

三日ほどして、畝源三郎が夕刻、「かわせみ」へやって来た。

「正月以来だ。まあ、ゆっくりして行けよ」

東吾にしてはまめまめしく台所へ行ってお吉に酒をいいつけ、律義に正座している友人へ炬燵《こたつ》へ入れと勧めた。

「東吾さんも年をとりましたね。この陽気に炬燵ですか」

憎まれ口をきいたが、先月末の暖かさが嘘のように、二月に入ってからは底冷えのする日が続いている。

「どうだった。松前屋の骨董は……」

猫板に肴が並び、るいがまだお燗が出来ていませんというのを、かまわず銅壺《どうこ》からひき抜いた徳利で、源三郎に酌をしながら東吾が切り出し、源三郎がぬるい酒にむせた。

「やっぱり、気にしていたんですね」

「他人の懐を気にしてどうする……」

「凄いものが並んだそうですよ。書画だけでも何百幅、その他に仏像だの茶道具だの、大きなものでは屛風や唐櫃《からびつ》まであったといいますからね」

「骨董屋のいい鴨だったんだな」

「その通りですよ」

さしつ、さされつしていた徳利を、るいが素早く燗のついたのと取りかえて、漸く煮えはじめた鯛ちりを二人の椀によそった。

「偽物だらけか」

「その通りです」

茶碗むしを運んで来たお吉が小耳にはさんで訊いた。

「なにが、偽物でございますって……」

るいが食べるのに夢中な二人の代りに返事をした。

「松前屋の御主人が集めたお宝ですって」

「おやまあ」

それほど驚いた顔もしないで、

「大体、一家の御主人が歿って、お宝を売りに出すと、きまって偽物が多いそうですからねえ」

と、わかったような顔をする。

「しかし、仮にも本町通りの大店の主人だぞ」

自分もそう予想していたくせに、東吾が異をとなえた。

「そういい加減な骨董屋を相手にしていたとは思えねえがな」

「いい加減か、どうかはわかりかねますが、松前屋へ出入りしていた骨董屋はいずれも鳴りをひそめて、知らん顔の半兵衛をきめ込んでいます」

東吾に酌をしながら、源三郎がいった。

「商売だからな」

「それにしても、全部でどれほどになったと思いますか」

「五百両にはなったか」

「せいぜい百両足らず。それも買い手はないとのことですから……」

そこで、源三郎が意味ありげに笑ってみせた。

「というのは表向きの話です」

どうも骨董屋と骨董の鑑定をする者とが、頼まれて口裏を合せたらしいと源三郎はいった。

「頼んだのは、無論、松前屋の財産を横領しようとしている親類と五郎兵衛の女房の実家でしょう」

「すると、五郎兵衛があっちこっちから借りている金を、店が倒産という形にしてふみ倒すわけか」

「もう一つ、五郎兵衛には悴がいます」

「ほう」

「若い頃、女中に手をつけて産ませたらしいのですが、本妻が女中に暇をやり、僅かな手切金で松前屋との縁を切らせたそうですよ」

「行方はわかるのか」

「奉公人も親類も知らぬと申し立てています。しかし、五郎兵衛は知っていたようでして……」

この正月、菩提寺の住職に、漸《ようや》く悴の行方がわかって訪ねて行ったが、父でもない、子でもないとはっきりいわれたと泣いて訴えたと源三郎は話した。

「ですが、五郎兵衛は住職に悴の名もどこにいるのかも話していないのです。住職が訊ねたが答えなかったと……」

「寺は、どこだ」

「本所の東漸寺、多田《ただの》薬師です」

東吾があっという目になった。

「多田薬師といやあ……」

源三郎の目が肯定した。

「そうなんです。植木市の出る……」

江戸の植木市では薬研堀の不動尊のと双璧であった。

「源さん、これは何かあるなあ」

「東吾さんから五郎兵衛を薬研堀の植木市でみかけたと聞いていましたので、手前も少々ひっかかっているのですよ」

松前屋の親類縁者どもが手を組んで財産を横領しようと企てているならば、それは阻止しなければならないし、五郎兵衛の正当な悴がいるとわかれば松前屋の後継者として身の立つようにしてやりたいと源三郎はいった。

「少くとも、わけのわからぬ連中に松前屋が食い潰されるのを見逃しには出来ません」

すでに、骨董の売り立て疑惑については、その方面にくわしい者が取調べている。問題は悴をみつけ出すことだが、これがどうも雲を摑むようで手がかりがない。

五郎兵衛自身が、やっと行方をみつけたと東漸寺の住職に語っているところからしても、奉公人や親類には話していない可能性が強い。

「明日、手前は東漸寺へ行って住職に会ってみようと思っています」

という源三郎に、東吾は酒の勢いもあって、つい、いつもの癖が出た。

「俺も行くよ。明日の午後ならなんとかなるんだ」

翌日、軍艦操練所の帰りに、東吾はまっすぐ深川の長寿庵へ行った。

畝源三郎はすでに来ていて、

「東吾さん、腹ごしらえをして行きませんか」

待っていたといわれて、東吾は空っ腹を叩いた。

「俺は、霰蕎麦《あられそば》がいい」

「同じくですよ」

長助が嬉しそうに釜場から手を上げて、蕎麦を待つ間にと、長助の女房が卵焼と鉄火味噌に熱燗を一本。

「この寒空に、御薬師さんへ行くまでにさめてしまいますよ」

お愛想に一杯だけお酌をして去った。

確かに外は曇天で、下手をすると夕方から雪にでもなろうかという空模様である。

「内儀さんが、いい年をしてお節介だといいやがってさ」

盃を干して、東吾が口をとがらせ、源三郎が微笑した。

「八丁堀育ちは、みんなお節介ですよ」

「一文にもならぬことに命を賭けてか」

「親代々、それが仕事ですからね」

江戸とそこに暮す人々の平安を守るのが使命であった。

そういう意味では幕閣の他の役人と微妙に一線を画しているところがある。

温かそうな匂いと共に霰蕎麦を長助が自分で運んで来た。

腹の中から温まって、長寿庵を出た。

長助がついて来る。

「多田薬師の植木市は何日だ」

歩きながら東吾が訊いたのに、

「八日と十二日の筈で……」

流石《さすが》に縄張り内のことで、しっかりした返事が戻って来る。

「長助は薬研堀のほうが贔屓《ひいき》なのか」

「万年青はあっちが上等を揃えていますんで……」

躑躅《つつじ》や楓は多田薬師のほうがいいといった。

「植木屋にも好みがありますようで……」

大川沿いの道は風が冷たかった。

「この前の植木市へ出かけた時とは大違いだよ」

春のうららかな陽光に満ちていた大川が、今日はどんよりと灰色で白く川波が立っている。

「季節からいえば、これが本当でしょう」

定廻りの旦那は平然として東吾に笑いかける。

深川から本所まで、無類の駿足で駈け抜けるように歩いて来て、石原町の狸堀に架った橋を過ぎると、やがて多田薬師の塔がみえて来る。

植木市が開かれるだけあって寺の境内は広かった。

それだけに、この空模様で参詣人もない今日はどこもひっそりとして、風の音だけが寒々と聞える。

住職は慈海和尚といい、七十に近いにしてはしっかりした体つきで、声にも力がある。

松前屋五郎兵衛の野辺送りはすでにすみ、遺骨は寺であずかっているといった。

「御親類方が初七日もすまぬ中に墓へおさめたいといい出しましてな。あまりのこと故、供養はこちらでするからと、あずかりましたのじゃ。店においたところで、誰が線香の一本もたむけるわけでなし、親類はもとより、奉公人も情のない連中ばかりです」

ただ、そうなってしまったのには、歿った五郎兵衛にも罪はあると、住職は歯に衣《きぬ》をきせぬ言い方をした。

「死者に鞭うつ心算《つもり》はさらさらございませんが、今少し、五郎兵衛どのが人に温かくすれば、人も亦《また》、それに応える。あの人は人に優しくするのが下手であった。思いやりに欠ける。厄介なことは避けて通る。それでは誰もついては参りません」

幼い時に両親が離別し、一人っ子で祖父母に甘やかされて育ったという住職の話を聞いてから源三郎が改めて、五郎兵衛の悴について訊ねた。

「そのことは、わしもはじめて耳にしたので。五郎兵衛どのの子は七人いたが、みな次々と病死して一人も残らなんだとばかり思って居りましたが……」

「漸く、みつけたと申したのですな」

「そうです。長年、心にかけて探していたというのではなく、昨年あたりから体も心も弱くなって、あの子はどうしただろう、生きているなら、二十そこそこになっている筈だと思い出したというていました」

母親のことについては、

「お徳というて、店の女中だったとか、気立てのよい女でと、涙を浮べて居りましたが、若気のいたりとはいえ、子まで産ませた女を女房が追い出した後、その行方も気にしなかったというのは、五郎兵衛のあやまりでございます。探し当てた子が親ではないと申すのが当り前じゃ」

「子の名はお聞きになりませんでしたか」

「訊ねましたが、申さなんだ。今にして思えば、無理にもいろいろと訊ねておけばよかったものを……あの折はまた、いつか、心のおさまった時にでもと、つい……」

体の悪いのは知っていたが、そう早くに死ぬとは思いもよらなかったと住職は後悔している。

東吾が口を入れた。

「五郎兵衛が、ここへ参った日は……」

「左様、植木市が出ていたので、先月の十二日でござった」

「その折、五郎兵衛は植木などを買って帰りませんでしたか」

「いやいや、本堂を出て、まっすぐに帰って行きました。拙僧はずっと見送って居りましたので……」

竹町の渡し場のほうへ向ったのは間違いがないといった。

やはり、五郎兵衛の悴を探す手がかりはなにもない。

本所からの帰り道は雪になった。

三

一夜降り続いたにしては、春の雪で解けるのも早かった。

「かわせみ」の庭では、折角、板場の若い衆が千春のために作った雪達磨《ゆきだるま》が忽《たちま》ちぐんにゃりと崩れ落ち、

「おやまあ、雪達磨さんのお目々もお鼻もこんな所に……」

地面に落ちた炭片をお吉が拾い上げて縁側にいる千春に見せている。

そんな光景を眺めながら、るいは今日あたり門前仲町まで出かけてみようかと考えていた。

用事はたいしたことではなかった。

千春の箸である。

すでに千春は小さな手に箸を持って器用にものを食べているが、るいが気にしているのはその箸であった。

大体、子供用の小さな箸などというものは大名家などの身分の高い家の子の、祝い膳用に作られることはあっても、一般の実用としてはなかったので、多くの子供は大人用の長い箸の下のほうを摑んで飯を食べていた。

で、千春もそうしていたのだったが、たまたま、「かわせみ」へ来ていた畝源三郎の女房のお千絵《ちえ》がそれを見て、

「千春さまには、このお箸、少し、重すぎませんか」

といい出した。

「うちの子供達は以前、私が深川の門前仲町でみつけた箸を使って居りますの。少し、細身で、軽くて、おまけにとても丈夫なのです。源太郎《げんたろう》はもう大人の箸ですけれど、お千代《ちよ》はそちらのほうが使いやすくて……」

箸の形も子供の手にぴったりだし、塗りも上等だというので、るいは早速、その店を教えてもらった。

それは、門前仲町の塗物屋で小松屋という老舗だったが、るいが訪ねて行くと、

「それでございましたら、只今はあいにく品切れになって居ります。ちょうど正月前で、どなた様も箸を新しくなさいますのと、お客様がおっしゃるその箸はお子衆のに重宝だと人気がございまして、職人が作って来る度にすぐ売れてしまいます。只今も注文をして居りますが、その職人の母親が患いついて歿りましたこともあり、仕事が遅れているようで、あと二カ月もお待ち頂ければと存じますが……」

という挨拶であった。よく訊いてみると、職人は箸作りは好きでやっているらしく、指物師として親方の許でさまざまの注文の品物を作っているので、そちらの仕事が片付かないと箸のほうまでは手が廻らないという事情がわかった。

「では、二月なかばになりましたら、又、参りますので……」

出来れば一膳でも、二膳でも取っておいてもらいたいと頼んで来た。

その箸が、もう出来て来ているのではないかと思う。

雪どけ道といったところで、この季節、道が乾くのを待っていたら、いつになるかわからない。

午後になって、るいは千春のお守をお吉にまかせ、一人で「かわせみ」を出た。

永代橋を渡れば、そこはもう富岡八幡の大鳥居がみえ、門前町が続いている。

るいが小松屋へ入って行くと、上りかまちの所に若い男の姿がみえた。

小ざっぱりしているものの木綿物の筒袖に股引という粗末な身なりで、全体におっとりした感じがする。

小松屋の主人がるいを見て腰を浮かした。

「これは、ちょうどよい所へ……御注文の箸を、只今、松太郎さんが届けに参りましたので……」

松太郎と呼ばれた若い男は慌てて立ち上り、るいへ丁寧に腰をかがめた。

「折角の御注文をお待たせ申してあいすみません」

古ぼけた木箱を風呂敷包から出した。箱の中に一膳ずつ紙にくるんで箸が入っている。

「お気に入るようなのがあればようございますが……」

自分で紙を開いて上りかまちに並べた。

お千絵が話した通りの箸であった。

大人のよりも、やや細く、長さも少し短かめに出来ている。持った感じが優しくて、るいが使ってもよさそうである。

「華奢《きゃしゃ》にみえますが、丈夫に出来て居りまして、手前どもでは年寄が軽くて使いよいと、もう、三年も同じものを用いて居ります」

と、小松屋の主人もいう。

「本当に、よく出来て居ります。娘が待ちかねて居りますので、さぞ喜ぶことでしょう」

親類にも小さい子がいるので、もし、さしつかえなかったら五膳ほど、とるいがいい、松太郎は自分で五組の箸をえらび出した。

「これでよろしゅうございますか」

代金は小松屋の主人がつけた。

子供用の箸のことで、決して高いものではない。

別に、るいは少々を懐紙にくるんだ。

「御不幸がおありだったとか、これは僅かでございますが、お線香でもお供え下さいまし」

松太郎は驚いて辞退したが、

「折角、お客様がおっしゃるのだ。有難く頂いて、おっ母さんにお供えするがいい」

と小松屋の主人がいい、それでも迷っていたが、

「ありがたく頂戴致します」

押し頂いて、何度も礼をいい、小松屋の主人にも挨拶をして店を出て行った。

「おっ母さんと二人暮しでございましてね」

冬木町の長屋暮しだが、近所でも評判の親孝行者だと小松屋の主人が、るいにいった。

「なにしろ、赤ん坊の時から母親の手一つで育ったそうで、おっ母さんもえらいが、あの子もたいしたものでございます」

五つ、六つの頃から母親を助けて働いていた。夜明け前に起きて川っぷちを廻って流木だの、廃材だのを集めて風呂屋へ持って行くと、いくらかになる。

「使い走りだ、子守だと、なにしろ一生けんめいなんで、この門前仲町でも随分、松太郎贔屓が増えました」
十二、三の時、世話をする者があって指物職に弟子入りをし、この節は親方も安心して、けっこう大事な得意先の注文も松太郎にまかせているらしい。
「これからはお袋さんにも楽をさせられると、昨年の秋に箸をおさめに来た時、喜んでいたんですが……」

その母親が風邪をこじらせて、あっけなく死んでしまった。

「今だから申し上げられますが、うちの母親なんぞは、松太郎がどうかなっちまうんじゃねえかと申しましてね、どうか気を取り直して立派な職人になってくれるようお不動さんに願をかけたり致しましたくらいで……」

幸い、まわりのはげましもあって少しずつ元気になって来たようだと、小松屋の主人は嬉しそうに話した。

「かわせみ」へ帰って来て、るいは東吾やお吉にその話をし、買って来た箸を取り出してみせた。

なんの変哲もない塗り箸だが、手に取ってみると実によく出来ているのがわかる。

千春が自分のだと渡してもらったのを持ってみせた。小さな手によくおさまって、豆などでも上手につまめる。

「麻生様に二膳お持ちして下さいな。それから、麻太郎《あさたろう》様にも……」

買って来たものの、箸など差し上げてはとひるみかけていたるいだったが、千春に使わせてみると、やはり、これは喜ばれるのではないかと思い直した。

「いいとも、早速、届けてやろう」

女房に甘い亭主どのが、新しい紙に包み直した箸を持って、まず八丁堀の兄の屋敷へ行ってみると珍しく兄通之進《みちのしん》が帰って来ていて、居間には麻生宗太郎の顔もあった。

「助かったよ。本所まで行く手間がはぶけた」

箸をみせているところへ着替えをすませた通之進が入って来た。

「畝源三郎から聞いたか」

といわれて、東吾は面くらった。

「なんですか」

「松前屋の骨董さわぎは聞いているであろう」

取調べの結果、やはり松前屋の親類共が骨董屋に金をつかませて、殆《ほとん》どが偽物でいくらにもならないと世間をごま化す企みだったことが判明したという。

関係者は処罰され、骨董は正規の値で売られて、その金は松前屋の借財の返済に当てられた。

「しかし、松前屋は潰れたようじゃ」

奉公人は店に見切りをつけて出て行ったし、跡を継ぐべき者もいない。

「骨董にくわしい者から聞いたことだが、死んだ五郎兵衛は珍しい壺を多く集めていたらしい。今回、もっとも高値がついたのも、その壺だと申すことじゃ」

「壺ですか」

およそ焼物に関心のない東吾だが、その時、ふと目に浮んだのは、薬研堀の植木市でしきりに植木鉢の寸法を訊いていた五郎兵衛の姿であった。

あの時、五郎兵衛が求めて行った水仙の鉢は、どちらかというと壺の形をしていた。

「珍しい壺と申しますと、古常滑《ことこなめ》かなにかですか。麻生家に鎌倉期のものだとかいうのがありますよ」

宗太郎がのんびりした調子でいい、それに通之進が答えた。

「よくは知らぬが、安南の壺とか聞いた」

「安南ですか」

琉球より南、高砂に近い国だと宗太郎がいった。

「どんな壺ですか」

「染付に似ているそうじゃ。柄は竜とか花とか、なかなか素朴で好事家《こうずか》の垂涎《すいぜん》の的とやら聞いたが……」

通之進の話はそこで中断した。兄嫁の香苗《かなえ》が麻太郎と入って来たからで、早速、東吾が披露した箸をその場のすべての者が賞めた。

「麻太郎、叔父様にお礼を申し上げるように……」

機嫌のよい声で兄がいい、麻太郎は箸を手にして、嬉しそうに礼を述べた。

「これは花世《はなよ》も小太郎《こたろう》も喜びますよ。流石《さすが》、おるいさんはいいものをみつけるのが上手ですな」

今度はこの職人に自分の箸を作ってもらってくれなどと宗太郎が勝手なことをいい、東吾は久しぶりに兄の屋敷で賑やかな晩餉をすませた。

そして数日後、東吾とるいが揃って本所の麻生家へ招かれて帰って来ると、

「お留守中に、松太郎さんがみえたんですよ」

お吉が紙にくるんだものをさし出した。

「この前、こちらのお内儀さんに余分に頂きすぎたからって……なんですか、おっ母さんのために作ったらしいんですけど、そのおっ母さんが歿って……まだ、使っていなかったし、もし、使ってもらえたら有難いって、お茶も飲まずに帰っちまったんです」

包を開いてみると、それは桑材で作った手鏡であった。

鏡の丸味がなんとも美しく、裏を返すと木目のはっきりした木地を実に巧みに生かしている。

「どうしましょう。たいしたことをしたわけでもないのに、これでは海老で鯛を釣ったことになってしまいます」

るいが盛んに恐縮して、せめて松太郎に会って礼をいいたいという。

「俺もそいつの顔がみてみたいから一緒に行ってやるよ」

冬木町の長屋に住んでいるというなら、あの近くで聞けばわかるだろうといわれて、るいは安心した。

翌日、東吾が講武所へ出かけている間に、るいは日本橋まで出かけて行って、上等の線香を買って来た。それを手土産にするつもりである。

午後になって帰って来た東吾と揃って大川端を出る。

江戸の寒さは峠を越えて、一日一日と春めかしさが増している。

深川冬木町は富岡八幡の裏側で、町は仙台堀に面している。

松太郎の住む長屋はすぐにわかった。

三軒続きの一番奥で東吾とるいが家の前に立つと、井戸端にいた婆さんがとんで来て、

「松太郎さんなら、親方の家へ出かけて留守ですよ」

という。で、るいが松太郎の母親に線香を上げさせてもらいに来たと告げると、

「そういうことなら、勝手に上ってお待ちなさいまし。親方の家は近くだから、すぐに

帰って来ると思いますよ」

丁寧な口調になって勧めた。

東吾が入口からのぞいてみると、六畳一間《ひとま》で家財道具らしいものが何もない中に、これだけは松太郎が自分で作ったのだろう白木の机が片すみにあって、その上に骨壺と線香立てがおいてある。

そして、東吾の目は机の前にある水仙の鉢植に釘づけになった。

それは、薬研堀の植木市で松前屋五郎兵衛が買って行ったのに、よく似ている。

「あなた、松太郎さんが帰って来なさいましたよ」

外からるいが呼んで、東吾は土間から外へ出た。

若い、まだ少年の面影がどこかに残っているような男が、るいに頭を下げている。

「あんたが松太郎か。うちの内儀さんがあんたに見事な鏡をもらったと大喜びしてね。今日はその礼旁《かたがた》お袋さんに線香をあげさせてもらいに来たんだ」

ざっくばらんに東吾がいい、松太郎は目を輝かせた。

「それじゃ、お気に入って頂けましたか」

小松屋の主人に、るいのことを訊ね、思い切って大川端まで出かけて行ったものの、「あとからあちらは八丁堀のえらい方のお嬢さんがやっていなさるお宿だと聞きまして、そんな御方に御無礼なことをしでかしちまったかと申しわけなく思っていました」

と、赤くなって話した。

「気に入りましたとも。一生、大事に使わせてもらいます」

るいがいい、松太郎は身のおきどころもないといった様子で恐縮した。

「汚ねえところですが、どうぞ、上って下さい」

うながされて、東吾に続いてるいも上へ上って焼香した。

水仙が芳香を放っている。

「いい鉢だが、誰かからのお供えかい」

さりげなく東吾が訊き、松太郎は一瞬、体を固くしたが、

「今はもう、お袋も、この花を持って来てくれた人も歿りましたんで、申し上げますが、実は手前の父親だという人からもらいましたので……」

名前は勘弁してくれと断った。

「子供の時から、父親は死んだと聞かされていまして、なんの疑いも持ちませんで……こいつはお袋が歿ってから知ったことですが、昨年、患いついて、お袋はなんとなくもう寿命が長くねえと思ったんでしょうか、俺が親方の家から帰って来ると、まっ青な顔で今にも倒れそうな恰好で家へ入って来ました。熱があるのに、なんで出かけたと聞きましたが、頭が痛いというだけで返事をしません。それが死ぬ二日前のことでした。あとでわかったことですが、お袋は俺の父親の店へたずねて行って俺のことを頼んで来たんです」

母親の骨壺をみつめるようにして、松太郎はたどたどしく、しかし、熱のこもった声

で続けた。誰にも話せなかったことを、はじめて聞いてもらうといった気配が伝って、東吾もるいもしんと耳をすませている。

「お袋が死んで十日ばかりして、そいつが来ました。お徳さんが死んだってのは本当かと血相を変えてやがる。いったい、誰だと訊いたら、お前が松太郎か、俺はお前の父親だと、自分の素性をべらべら喋りました」

感情が昂《たかぶ》って来るのを押えつけるように、松太郎は片手に手拭を持ったまま、自分の膝を叩くような仕草をした。両眼に涙をためている。

「あんたは……」

穏やかに東吾が口を開いた。人の心をふわりと包み込むような、この男独特の話し方である。

「納得しなかったのか」

「相手のいうことはわかりました。ですが、到底、親父とは思えませんでした。お袋はたった一人で、この俺を育て上げ、これから少しはいい日が来ようという時に死んだんです。何を今更……」

「親でもない、子でもないといったのか」

「そうです。そいつは黙って泣いていました」

二度目に来た時は、水仙の鉢を持っていた。

「仏さんに供えてくれと、それだけいって帰りました」

その水仙の鉢を、暫《しばら》く縁側に捨てておいたと松太郎はいった。

「供える気になったのは、寝ていて花の香が死んだお袋を思い出させて……」

花を飾るゆとりなんぞ一度もなかったと、松太郎は遂に涙を膝にふりこぼした。

「何年か前に、お袋と多田薬師様の植木市を見物に行きました。その時、お袋が水仙をきれいだねえと喜んで……帰りに一本だけ切り花を買い親方のお内儀さんから、ふちの欠けた徳利をもらって来て挿《い》けました。花が枯れるまで、お袋は何度、いい匂いだといったか知れやしません」

夜があけてから、水仙の鉢を家の中へ入れて、骨壺の前へ飾った。

「お袋が喜べば、それでいいと思いました」

「親父さんが歿ったのは、いつ知った」

「いつでしたか。風のたよりって奴です」

手拭で涙を拭くのをみて、東吾がさらりと告げた。

「松前屋は潰れたよ」

ええっと大声が出て、松太郎は東吾を凝視した。

「どうして、親父が松前屋だと御存じで……」

「水仙の取り持つ縁って奴かも知れないな。俺は薬研堀の植木市で、あんたの父親がその水仙の鉢を買うのをみていたんだ」

「そうでしたか」

一度上った肩が再び下った。

「どうか、御内聞に願います。世間に知られたくねえもんで……それに、俺の親は死んだお袋只一人と思っていますから……」

「それでいいさ。俺と内儀さんも他言はしない。信用してくれて大丈夫だ」

「ありがとうございます」

土間へ下りて、るいが送って出た松太郎にいった。

「お節介を承知で申します。何か胸に余ることがあったら、大川端のかわせみを訪ねて来て下さい。あたしをおっ母さんだと思って、遠慮しないで。必ず、時折は元気な顔をみせて下さいね」

泣き腫れた目を袖でかくして外へ出た。

家の中で、松太郎の嗚咽を押し殺す声が聞えている。

井戸端に集まっている長屋中の人々の注目を浴びながら、東吾はるいを背にかばうようにして路地を出た。

仙台堀沿いを大川へ向う。

何かがおかしいと東吾は考えていた。

足が止ったのは上ノ橋を渡った時である。

白木の机の前においてあった水仙の鉢、あの鉢は、薬研堀でみたのとは違っていた。

肌色に近い白い地に染付で、描かれていたのは、どことなく稚拙な感じのする竜と花文。

兄の通之進がいっていた。

松前屋五郎兵衛の集めた骨董の中で、値打があったのは安南の壺。それは染付に似て、文様は素朴な感じの竜と花。

薬研堀の植木市で、松前屋五郎兵衛はしつっこいぐらいに、水仙を植えてあった植木鉢の寸法を訊いていた。

あの植木鉢は、瀬戸の安物だと植木屋はいった。

もし、五郎兵衛が最初から秘蔵の安南の壺に水仙を植え移して、松太郎の許へ届ける気だったとしたら……。

あの水仙の鉢は、親ではないとののしられた親が、それでも我が子に届けた最後の贈物だったのかも知れない。

るいを大川端に帰らせて、東吾はまっしぐらに兄の屋敷へ行った。

奉行所から帰って来た兄は、弟の話を最後まで口をはさまず聞いてから、畝源三郎に使をやって呼び寄せた。

数日後、長助が町役人《ちようやくにん》同道の上で、冬木町の松太郎を訪ねた。

「其方の親孝行がお上の御耳に達し、御褒美を下さることになった。今から南町奉行所へ連れて行く。ついては、母親の骨壺、並びに供物なども持参するように……」

長助が指図して、骨箱と水仙の鉢を松太郎が持った。

南町奉行所内の一室で、松太郎は神林《かみばやし》通之進から、すべての話を聞かされた。

別室には鑑定人が呼ばれていて、水仙の鉢を検分した。

「間違いなく、安南の壺でございます。これだけのものは滅多に入手出来ません」

その上で、通之進がいった。

次の三つの中の、どれをえらぶかということで、
第一は、水仙の鉢は安南の壺で、大変に貴重なものである。長く、父の形見として手許におくならば、それでもかまわないし、第二には然るべき者にそれを売って金を手にしたほうがよければ、お上において信用のおける者を紹介することが出来る。第三には他に松太郎自身の考えがあるなら、遠慮なく申すようにといわれて、松太郎はたった一つの願いを通之進に訴えた。

「お袋の墓を建ててやりてえんです。俺の今の願いはそれ一つで……」

壺は、およそ今後、どのような買い手が現われても、これ以上の値はつけないといわれるほどの高値で、好事家の手に渡った。

そして、世間は松太郎がお上から頂いた御褒美で、歿った母親の墓を建て、ねんごろな供養を営んだことを流石、孝行息子だと感心した。

母親の新しい墓は、本所の東漸寺の松前屋五郎兵衛の墓の裏側にあった。

そして、母親の墓まいりに来る度に松太郎が、そっと遂に父親と呼ばなかった人の墓に線香をたむけ、合掌して行くのを、住職以外は誰も気づかなかった。

念願の母親の墓の建立と供養に使った残りの金を松太郎は東漸寺に両親の永代供養料として納めた。

「五郎兵衛は東漸寺の植木市をみて安南の壺を植木鉢にすることを思いついたんだ。それにしてもあいつは、きっといい指物職になるよ」

と呟きながら、千春と向い合って飯を食べている東吾の箸も、るいの箸もいつの間にか松太郎の手作りに変っていた。

更に八丁堀の神林家の箸も、畝家のも、本所の麻生家でも。

「あいつ、箸ばっかり作ってやがって、他の仕事が手につかねえんじゃ困るんだがな」

東吾の心配はきりがない。そしてまた、

「るいの奴、俺のことをお節介だなんぞとぬかしやがって、自分のほうが余っ程、女長兵衛じゃねえか」

とぼやくこと、しきりでもある。

江戸は間もなく花見の季節であった。

梅屋《うめや》の兄弟《きょうだい》

一

三日続けて、るいは父親の夢を見た。

格別、どうというほどの夢ではなかった。目がさめて、夢の内容を殆ど記憶していない。ただ、夢の中に父が居たというくらいのものである。

それでも似たような夢を三日も見てしまうと、なにがなしに気になって、東吾にその話をすると、

「父上が会いたがって居られるのだろう。墓まいりに行って来ようじゃないか」

あっさり決めて、翌日は軍艦操練所から正午を過ぎた頃に帰って来た。

さしむかいで飯をすませ、るいは午前中にお吉と二人で作った黄粉餅《きなこもち》を重箱につめ、

風呂敷包にして持った。

黄粉餅は亡父の好物であった。滅多に甘いものは口にしなかった人なのに、るいの作る黄粉餅は、

「旨そうだな。一つ、よこせ」

などと声をかけ、それで煎茶をゆっくり飲むのが、亡父のくつろぎの刻《とき》だったと思う。

庄司家の菩提寺は浅草の福富町に近い浄念寺であった。

折柄、江戸は梅の花盛りであった。

「かわせみ」の庭にある紅梅白梅も満開だったが、行徳川岸を避けて湊橋から永代橋へ抜け、大川沿いに並ぶ大名屋敷の外を行くと馥郁《ふくいく》と香が漂って来る。

空はよく晴れていて、風もなかった。

寒さはもう峠を越え、とりわけここ何日か暖かい日ざしに恵まれている。

「今頃、本所の屋敷は大さわぎだろうな」

川むこうを眺めて、東吾がいったのは、今日、本所の麻生家は雛飾りの日で、

「三月三日の雛祭の日は、どちら様でもお祝膳をお囲みなさるでしょうから、我が家の雛飾りの日に、おちいさい方々に集って頂いては如何でしょう。父も無聊《ぶりょう》をもて余して居りますし、なによりの楽しみになると思いますので……」

と七重《ななえ》がいい出して、神林家の麻太郎と千春、畝家の源太郎とお千代が招かれた。

麻生家の当主、麻生源右衛門《げんえもん》は西丸御留守居役を最後に役職を辞任し、目下悠々とし

た隠居暮しであった。

辞任の理由は老齢につき、であったが、当人は矍鑠《かくしゃく》としていて、本音をいえば、お城づとめに出かけるよりも、孫の花世と小太郎の相手をしているほうが、ずっと生甲斐を感じるようになったからで、朝は早くから二人の孫と庭で木剣の素振りをし、論語を読み聞かせ、その後は鬼ごっこだかくれんぼだと広い屋敷中を走り廻っている。

「父が、あれほど子供好きとは思いませんでした」

と、七重が目を丸くするほどで、自分の孫がかわいいのは当り前だが、なにかというと八丁堀の神林家へ出かけて行っては、

「この屋敷は父親が留守がち故、麻太郎が不愍《ふびん》じゃ」

なぞといって、麻太郎の遊び相手をし、あげくはお供の若党を「かわせみ」へやって千春を連れて来るようにと指図をする。更には、

「畝の所にも二人居ったな。あれも呼んで来るがよい」

ということになって、子供達はみんな、この老人になついた。で、子供達は、

「祖父《じじ》上様」

「お祖父《じじ》さま」

と呼び、ただ、畝源太郎だけは母親から、

「それでは、あまりにおそれ多い」

といわれて、東吾が、

「俺の先生みたいなものだから、大先生でよかろう」

と智恵をつけて、

「大先生」

と呼ぶことにした。

麻生源右衛門は、この呼ばれ方がけっこう気に入ったらしく、孫の花世や小太郎にまで、大先生と呼ばせて、悦に入っている。

ともかく、そうした事情なので、麻生家の雛飾りの招きの日は、午前中に源右衛門自らが若党をお供にして神林家へ迎えにやって来て、あらかじめ、母親に連れられて来ていた源太郎とお千代、それに、るいが伴って行った千春と、麻太郎を加えて四人の子が本所の麻生家へ行っている。

東吾が本所側を眺めて、麻生家は大さわぎだろうといったのは、その故であった。

浄念寺の境内にも梅が咲いていた。

ここの花は黄色の蠟梅《ろうばい》で、香は殊の外、濃い。

閼伽桶《あかおけ》に水を汲み、線香と花を東吾が持って墓地へ入った。

「これは、お揃いでおまいりでございますか」

たまたま、寺男と立ち話でもしていたという恰好の住職がふりむいて声をかけ、

「いい頃合にお出かけなされた。お宅様の椿が、四、五日前から咲きはじめましてな」

という。

挨拶をして、東吾とるいは奥まったところにある墓へ行った。

成程、住職がいったように、墓の脇に植えてある椿が薄桃色の小さな花をいくつもつけている。

「母が歿りました時、父が植えさせましたの。母の好きな花で……」

るいが呟き、東吾がうなずいた。

「父上は、るいにこの花の咲いたことを教えようとなさったんだよ」

その言葉で、るいは父の声を聞いたような気持になった。

「どうだ、きれいに咲いたろう。やはり、ここに植えてよかったな」

満足そうな父の声を耳の中に感じながら、墓石を洗い、供え物をする。

用意して来た木皿に一つずつ黄粉餅をのせて、父と母とに供えると、東吾は早速、重箱に残ったのを手づかみで食べた。

「お行儀の悪い」

と、るいが睨んでも、

「なに、お相伴《しょうばん》だよ。父上も、母上も笑っていらっしゃる」

口のまわりを黄粉だらけにして平らげている。のんびりした墓地の空気が突然、破れたのは、激しいののしり合いが聞えたからであった。

東吾が立ち上って見廻すと墓地の西側のあたりに五、六人の人影が集っていて、その中の二人の男が胸倉を摑み合い、大立ち廻りを演じている。その二人を取り巻く何人かは、各々、二人の男のどちらかについて相手を罵倒し、一向に喧嘩を制《と》めようとはしない。

仲裁に入ったのは、かけつけて来た住職と寺男で、

「恥を知りなされ。どこの世界に親の墓まいりに来て、兄弟、なぐり合いをする馬鹿がある。親が墓の下で、血の涙を流しているのがわからんのか」

小柄な体に似合わぬ住職の一喝で漸く、左右に退いた。

「帰らっしゃい。そんな料簡で墓まいりして何になる。他の墓にねむっている仏達が迷惑するわい」

住職にどなられて、一方の男がまず頭を下げ、そのあたりに散らばった花などを片づけようとしたが、

「よいから、行きなさい。あとはこちらでよいようにしておく」

重ねて住職にいわれて、女房子だろう、家族をうながし悄然と立ち去った。

その姿がみえなくなってから、残っていたほうが、こちらは住職に会釈もせず、ふんぞり返って墓地を出て行った。

東吾は住職の近くまで行っていた。もし、彼らが住職にまで乱暴を働いたらと懸念してのことであり、そうした東吾の動きは住職の視線に入っていたらしい。

「折角のおまいりに、お心をさわがせ、申しわけないことを致しました」

東吾に対して、住職がまず丁寧に詫びた。

改めてそのあたりを見ると、墓の前に花や線香などがふみにじられ、散らばっているのを寺男が拾い集めている。

墓は町人の身分としては立派なものであった。

「兄弟喧嘩ですか」

住職がそういったように聞えたので、東吾は苦笑しながら訊いた。

「左様、兄弟喧嘩でございます。先に兄の家族が来て香華をたむけて居りましたのを、後から来た弟が蹴散らしまして……」

「それは、乱暴な……」

近づいて来たるいが、風呂敷包を目で示しながらいった。

「珍しくもございませんが、いつものものを作りましたので……」

住職が相好《そうごう》を崩した。

「それはそれは、かたじけない」

ま、お茶でも、と先に立って方丈へ行く。

ここの住職は甘いものに目がなくて、るいは墓前に黄粉餅を供える際には必ず、余分に黄粉餅と小豆餅を作って持って来る。今日も、墓前用と住職への手土産用と二つの重箱を抱えて来ていた。

方丈で、その一つを役僧に渡し、もう一つのほうを、

「お供えの残りものでございますが……」

お茶が出た時に開くと、住職は遠慮なく、そっちのほうへ箸をのばす。

寺男が庭から廻って来て、

「梅屋さんの墓ですが、花はもう使いものになりませんので……」

門前の花屋からもらって来て供えてもよいかと訊く。

「そうしてあげておくれ。線香も新しいのをな」

と住職が答えたところをみると、さっきの兄弟喧嘩の親は梅屋というらしい。

東吾は気づかなかったが、るいはあらという顔をした。

「梅屋さんとおっしゃいますと、室町の養生軒さん……」

住職が黄粉餅に目を細めながら答えた。

「左様、養生軒梅屋さん。先に帰ったほうは分家さんで白山下に店がありますがな」

住職はそれしかいわず、るいもそれ以上、何も口にしなかったが、帰り道に、東吾が、

「養生軒梅屋というのは、なんの商売だ」

と訊くと、驚いた顔をした。

「御存じありませんでしたの。いつも、お吉が貴方にお持ち下さいといって印籠をお渡ししていますでしょう。あの中に入っているのは、養生軒梅屋の宝奇丹ですよ」

「銀色の粒々の奴か」

腰帯に提げている印籠を軽く触れてみた。

東吾自身は、まず使ったことがないが、いってみれば武士のたしなみ、なにかの折の

用心のためといった感じの常備薬の入った印籠を、外出の際には必ず携帯している。

「こいつは気付薬なんだろう」

「なんにでも効きますって、いつもお吉が申し上げているではございませんか。お腹の痛い時、へんなものを召し上った時、食当りにも水当りにも、お酒に悪酔いなさった時、舟に酔った時……」

「ああ、そいつは効いたよ。俺じゃないが、軍艦に乗った時、たいして揺れもしないのにまっ青になった奴がいて、この薬をやったら吐き気が止ったといっていた」

「咳や頭痛にも効くそうですよ。胸が痛んだり、咽喉がかすれたり……お吉はまだまだ沢山の効能書を貴方に述べ立てていましたのに、貴方ったら、ちっとも聞いていらっしゃらなかったんですね」

「そいつはすまないことをした。今度は神妙に聞いてやるよ」

笑い合いながら柳橋へ出て、知り合いの船宿で屋根舟をたのみ、るいだけはまっすぐ大川端町へ戻り、東吾は両国橋を渡って本所の麻生家へ寄った。

最初から墓参の帰りは子供達の迎えに行くときめていたものだが、麻生家へ行ってみると、玄関へ顔を出した宗太郎が、

「早すぎますよ。子供達はこれから雛の御膳を頂くところですからね。まあ、邪魔をしないで、こっちへ来たほうが賢明ですよ」

と、診療所にしている離れへ誘った。

患者は今しがた最後の一人が帰ったところだといい、いささか薬くさいのが難だが小名木川にむかった部屋はひっそりと静かで、男同士が勝手に一杯やるには具合がいい。

東吾が壁ぎわの棚に並んだ薬種の箪笥を眺めている間に、宗太郎が徳利と盃、それに少々の肴を載せたお盆を自分で運んで来た。

「子供達は盛り上っていますよ。父上が白酒を一杯ずつ飲ませましたからね」

「大丈夫なのか」

「ちび達はほんのなめる程度ですが、みんな、いっぱしの大人に扱われたようで、すっかり舞い上っています」

部屋のすみに囲炉裏《いろり》が切ってあって、自在鉤に鉄瓶がかけてある。宗太郎がそこへ徳利を入れて酒の燗をはじめるのを眺めて東吾は腰の印籠を抜き取りながら、座布団にすわった。

「おぬしは宝奇丹というのを知っているか」

「室町の養生軒が売り物にしている奴でしょう」

「今しがた、うちの内儀さんから効能書を聞かされたところなんだが、そんなになんにでも効くのかね」

「家伝の霊薬というのは、万病に効くというのがうたい文句でしてね。体の奥に命取りになるような悪い疾患のあるものには無理ですが、そういう厄介な病ではなくて、人間が、ちょいとした原因でひきおこす頭痛や腹痛、むかつきなんぞには思いの外、効力があるのですよ」

「馬鹿にしたものでもないか」

「生薬ですから、西洋の薬のような即効性はありませんがね。ゆるゆると効いて来るし、素人が常用しても心配がないといったあたりが長所です」

「実は内儀さんの家の墓まいりに行ったんだが、そこで兄弟喧嘩にぶつかってね」

浄念寺での目撃を話している中《うち》に酒の燗がついた。

「養生軒の内輪揉めは聞いたことがありますよ」

兄弟の仲が悪くて、本家と分家にわかれたものの、いざこざが絶えない。

「兄弟喧嘩なぞというものは、一個の饅頭を二つに分けて、そっちが大きいの小さいのととっ組み合いをやらかすぐらいがいい所で、分別盛りの年齢になってまで世間をさわがすものではありませんがね」

「おぬしのところは兄弟仲がいいな」

宗太郎と二人の弟とは母親が異るのに、そんなことを少しも感じさせない。

「東吾さんの所だって、いい兄弟ですよ」

「うちは兄上が立派だからな」

「そういえる東吾さんもなかなかです」

「おだてたって、なにも出ないぞ」

一本の徳利を二人であけたところに七重が来た。

「みんな、とてもお利口でしたの。本当に楽しい一日で、花世と小太郎もですけれど、父が一番、大喜びをしたみたい。子供は国の宝だと、もうそればっかりで……」

奥座敷へ行ってみると、源右衛門は脇息に寄りかかって、うつらうつらしている。それでも東吾が顔を出すと、

「光陰矢の如しと申すがな。つい、この前、この座敷で白酒に酔ってひっくり返った東吾が、もう父親か。わしが年をとる筈だのう」

よろよろと立って玄関まで送って来た。

「また、遊びに来い。祖父《じじ》が待っているぞ」

帰って行く子供の一人一人に笑顔を向けた。

麻太郎と源太郎が肩を並べ、東吾は千春とお千代の手をひいて歩き出すと、むこうから長助が走って来た。

「畝の旦那はまだお奉行所でござんすが、あっしが代りにお迎えに……」

お千代を長助が背中におぶったので、東吾も千春を抱き上げて、ぼつぼつ暮れかけた大川沿いを八丁堀へ帰った。

二

その夜、るいが千春を寝かしに行ったあとで、東吾は長火鉢に炭を足していたお吉に声をかけた。

「この印籠の宝奇丹だが、宗太郎が賞めていたよ。なかなか重宝ないい薬だとね」

わざわざ、そんなことを口に出したのは、日頃、お吉が効能書をせっせと話してくれていたのを全く聞いていなかった罪ほろぼしの気持からだったが、とたんに、お吉があらっという顔をした。

「いいえ、若先生の印籠にお入れして居りますのは、宝奇丹じゃございませんです」

あっけにとられて、東吾はお吉を眺めた。

「養生軒梅屋のじゃなかったのか」

「はい、同じ養生軒梅屋でございますけど、白山下の店のほうで、そっちでは五霊丹と申しますんです」

「五霊丹だと……」

「はい、室町の店の宝奇丹はあまり効き目がよくない。五霊丹のほうがずっといいって評判だものですから、昨年の秋に白山下まで買いに参りまして、すっかり取り替えたんでございます」

その時も、ちゃんとお話し申しましたといわれて、東吾はいささか慌てた。

「そういえば、たしかそんな話だったな」

るいがいれて行った食後の茶に手をのばしながら、さりげなく取り繕った。

「なんで、宝奇丹の評判が悪いんだ。そういえば、養生軒はどっちが本家なんだ」

お吉が帯の間から紙の袋を二つ出した。

どちらも薬袋のようで、表に当る所に梅の花の紋が描いてあり、養生軒梅屋と肩書があるのは同じだが、一方は宝奇丹、もう一つは五霊丹となっている。

「若先生のは、よく効くってほうに取り替えましたけど、宝奇丹も捨てるのはもったいないと思って、こうやって袋に戻して時々、女中達に飲ませたりしてますんですけど……」

本家が出しているほうが宝奇丹だといった。

「室町のお店でございます」

「本家のほうが駄目なのか」

「やっぱり、跡をお継ぎになった弟さんのお人柄のせいじゃありませんか」

「待てよ。弟が本家を継いだのか」

「さいでございます」

「なぜだ。普通、本家は長男が……」

「御長男を産んだお内儀さんが早死にして後妻さんをもらったんです。その後妻さんが気の強い人で、どうしても自分の産んだ子に店を継がせろと……」

「先代は承知したのか」

「白山下に新しい店を作って、そちらを総領さんに継がせたんですけど……」

情なさそうに、お吉が二つの紙袋を見くらべた。

「御先代が歿った後、弟さんのほうが兄さんに宝奇丹の名前を使っては困るといい出したそうなんです」

　宝奇丹は、養生軒梅屋の代々の売り物であった。客は万能薬の宝奇丹を求めに養生軒へやって来る。

「要するに、名前の通った宝奇丹を使うなというんだな」

「さいでございます。それで、白山下のほうの御主人は天野宗太郎先生に……あの、今は麻生宗太郎先生ですけれど、その時分はまだ御養子にお出でになる前でございましたから……」

「宗太郎が智恵を貸したのか」

「はい、それで、五霊丹が出来まして、それが大層よく効くので、お大名がお国許へお帰りになる時、御家来衆が沢山、まとめてお買い上げになるとかで、この節はもう、江戸の人も宝奇丹より五霊丹だと……」

「宗太郎の奴、それできいたふうな講釈を並べやがったんだな」

「なんのことでございますか」

　お吉がきょとんとして、東吾は話をとばし、今日、浄念寺で養生軒の兄弟喧嘩をみた話をした。

「それは、大方、弟さんのほうが兄さんが墓まいりに来たのに、けちをつけたに違いありませんよ。兄弟のくせに親の法事も別々にすると兄さんのほうへ言って来たって話ですから……」

「なんで弟はそんなにつむじをまげるんだ。本家は自分が継いだのだから、文句はあるまいに……」

「弟の娘さんが、白山下のほうの悴さんを好きになって、断られたんだそうでございますよ」

「なに……」

「白山下の悴さん、健太郎さんとかいう人ですけど、自分にその気持はないからとはっきり返事をしてやったら、室町のほうは娘さんが恥をかかされたと大さわぎをして……」

「やれやれ」

るいが入って来た。

「お吉、いい加減に台所へ行ってやらないと、かわいそうに女中達がいつまでも晩の御膳を待っていますよ」

叱られて、お吉が部屋をとび出して行き、東吾もそれっきりその話をやめた。他人の家の揉め事は、いくら聞いても楽しいものではない。

養生軒梅屋の話を、東吾はあっさり忘れた。

それから十日ばかりして、東吾が講武所の教授方の何人かと白山権現の近く、心光寺という寺へ出かけたのは、同じ教授方の市川左門の法要に出席するためであった。

市川左門は槍術が巧みで、昨年、将軍の上洛の御供に加えられ、京へ上ったが、道中体調を崩し、なんとか京までたどりついたものの、そのまま床について遂に旅先で客死した。

その遺骨が漸く江戸へ戻って来て、改めて葬儀が行われたものである。

市川左門は三十八歳で、江戸へ残して行った妻は十歳を頭に三人の子を抱えている。それだけでも痛々しいのに、六十を過ぎた両親がやつれ切った顔で挨拶をしている姿に、誰もが言葉を失った。

で、法要が終ると、殆どが早々に帰途につく。

東吾も亦、重い気持で白山通りへ出た。

ここは中仙道へ出る街道筋なので、道の両側には大店が並び、室町あたりの老舗にひけをとらない布看板がみえる。

そういえば養生軒梅屋の分家もこのあたりに店をかまえているのではなかったかと道の両側に目をくばって歩いて行くと、なんとも風体の悪い若者が六、七人、一軒の店の前にたむろしている。

しゃがみ込んで、地面に賽子《さいころ》を投げている奴がいる。懐手でぶらぶら歩き廻っているかと思うと、通りすがりの人に奇声を発し、追いかける真似をしてみせるのもいる。大方はただ店の前に突っ立って腕組みをし、顔を見合せてにやにや笑っている。

みるからにたちの悪そうな連中なので、通行人はみな避けて行くし、彼らの立っている前の店へ入ろうとする者は立ちすくみ、様子を窺っている。

店へ入ろうとしても、彼らが邪魔で入れないのだ。

東吾の足がそこまで来た。布看板をみると「養生軒梅屋、懐中必携、五霊丹」と書かれている。

その時、店の中から番頭らしい男が出て来た。

「もし、お前方……」

おっかなびっくりといった調子で若者達にいった。

「なんの用か知らないが、そこに居られてはこの店へ来られるお客が迷惑する。用があるならいいなされ。ないなら、むこうへ行って下され」

若者達が顔を見合せて、どっと笑った。そのあとは、完全に番頭を無視する。

流石に番頭も腹が立ったらしい。

「用がないなら、去《い》んでくれというているのが聞えんのか」

再び、笑い声が起った。番頭に向って舌を出す者、尻を叩く者。

東吾は手近かにいる一人の肩を摑んだ。

「痛てえ」

と悲鳴を上げたくせに、

「何をしやがる」

嚙みつきそうな顔を突き出した。

「往来の邪魔だ。どけ」

「なにィ」

「武士《さんぴん》はよせよ。ぶっそうだぜ」

背後にいたのが、そういってへらへら笑う。

「この店の者がいっている。商売の邪魔だから、ここをどくんだ」

東吾がいったとたん、一人が石を拾って投げつけた。すばやく東吾が目の前の男をぐいと自分の前へ寄せる。石はその男の顔をかすめて行った。

わあっと叫んで、六、七人がいっせいに東吾になぐりかかって来る。が、勝負は一瞬であった。

若者連中は一人残らず地に這いつくばい、暫くは立ち上る元気もない。東吾のほうは息も切らしていなかった。

遠巻きに見物していた野次馬から歓声が上り、それがきっかけで泥まみれの連中は捨てぜりふを吐く気力もなく、這々《ほうほう》の体《てい》で逃げ去った。

「どなた様か存じませぬが、まことにありがとう存じました。とにかく、ちょっとこちらへお立寄り下さいまし」

店の中からとび出して来た旦那らしいのが東吾の手を取るようにして招じ入れ、なんとなく東吾もそれに従って店へ入った。

なにしろ、外は野次馬がさわいでいるので具合が悪い。一つには、明らかにこの店の商売の妨害をしていたらしい連中のことについて訊ねてみたかった。

東吾は店先でと思ったのだが、主人は無理に奥の座敷へ案内した。

「申し遅れました。手前は養生軒梅屋の主、寿太郎《ひさたろう》でございます」

そこへ緋鹿の子の結綿《ゆいわた》が初々しい娘が茶と菓子を運んで来た。

「娘のお咲でございます」

父親が娘に、酒の支度をいいつけるのを、東吾は制した。

「そんな気遣いはいらない。一つだけ訊かせてもらったら、すぐに帰る」

さっきの連中はいったい何だ、と東吾がいい、寿太郎は当惑した様子でうつむいた。

「つい先《せん》だって聞いたばかりなんだが、この店は室町の養生軒の分家だそうだな」

その問いに、寿太郎は救われたように返事をした。

「左様でございます。手前の父が歿ります前に、この店を暖簾《のれん》わけしてくれまして……」

「本家は宝奇丹で、こっちは五霊丹だな」

「それは……」

ひっそりとすわっていた娘が勝気そうな顔を上げた。

「万右衛門叔父さんの意地悪なんです。お祖父さんが病気なのをいいことに、宝奇丹の処方をどうしても教えなくて……でも、親切なお医者様が新しい処方を書いて下さって、うちは五霊丹で商売をして来たんです。世間様の評判がよくなって来たら、それをねたんで、あんなごろつきを……」

「止めなさい」

父親がしぼり出すような声で娘を叱った。

「身内の恥をさらすものじゃない」

東吾が立ち上った。

「とにかく、何かあったらすぐ番屋へ知らせることだ。分別のない者がとち狂うとろくなことをしでかさない」

そのまま店へ出ると奉公人達がいっせいに頭を下げる。

「邪魔したな」

白山通りをまっしぐらにお堀端へ出て、大川端へ帰った。

畝源三郎がやって来たのは、いつものように東吾がるいとさしむかいで晩飾をすませたところで、

「これからお屋敷にお戻りになる所なので、立ち話でとおっしゃってお出でございます」

と取り次ぎに来た嘉助がいう。

で、東吾が帳場へ出て行くと、

「東吾さんでしょう。白山下で大立廻りをやらかしたのは……」

咽喉の奥で忍び笑いをしている。

「かくしても無駄ですよ。もう調べはついているんですから……」

「野次馬の中に、俺の顔を知っている奴でもいたのか」

「養生軒から足がついたんです」

「俺は名乗らなかったよ」

「娘も年頃になると怖いものですな。助けられた番頭にせよ、主人にせよ、ただ、背の高い立派な武士としかいえないというのに、娘は、東吾さんの眉から目鼻、口許、耳の恰好まで、すらすらと並べ立てましたからね」

「何をいってやがる。人相書の口立《くちだ》てくらいで、俺だとわかるものか」

「八丁堀を甘くみてはいけません。これはひょっとすると思って講武所まで行って聞くと、いい具合に東吾さんが白山神社の隣の心光寺へ出かけたことがわかりました」

苦笑している東吾を眺めて、嘉助へうなずいてみせた。

「やっぱり図星でございましたね」

と嘉助までが下を向いて笑っている。

「実は水戸様のほうから奉行所へ苦情が来たのですよ」

水戸家の奥仕えの女中が五霊丹を求めに養生軒へ行ったところ、

「胡乱《うろん》な輩《やから》が店の前にたむろしていて買い物が出来なかった。まことに不届きであるというようなことでして、捨ててもおけませんので白山下へ行って来ました」

「御三家は凄いな。そんなつまらんことまで奉行所へ文句をいって来るのか」

しかし、たしかに白山下の養生軒は水戸屋敷に近い。

「東吾さんに投げとばされた連中ですが、これは近くの番屋の親父が知っていました」

湯島の盛り場あたりにたむろしている不良共で、たかりやかっぱらいの常習犯だといった。

「俺の人相をべらべら喋った娘の口ぶりだと、そいつらは室町の養生軒にやとわれたらしいぜ」

「おっしゃる通りです。番太郎の教えた奴を取っつかまえて、ちょいとひっぱたいたら、すぐに施主の名前を吐きましたよ」

「養生軒の万右衛門って主人か」

「悴の万之助ですよ」

「いくつだ」

「十九とのことです」

もっとも、体は相撲取りのようで、いっぱしの悪《わる》を気取っている奴だという。

「室町の養生軒へ行きまして、父親と悴に、水戸様からの訴えのあったことを申しきかせました。流石にちぢみ上っていましたから、もう、人さわがせはやめるでしょう」

「源さんは、室町のほうの養生軒の娘の顔はみたのか」

「万之助の姉のお比佐ですか。器量は悪くありません。いささか内気で、大人しすぎる感じでしたが……」

「内気で大人しすぎる娘が、白山下の養生軒の悴に惚れて、断られたのに親父が逆上したそうだぞ」

「そんな話があるのですか」

源三郎が軽く首をひねった。

「白山下の養生軒の悴、こちらは健太郎というのですが、二十一にしてはしっかりしていますよ」

「会ったのか」

「早速、水戸家へ薬を届けがてら、あやまりに行きましたよ」

男前も悪くないし、きびきびした若者だったといった。

「お比佐と並べてみると、案外、似合いかも知れませんよ」

「父親同士が犬猿の仲なんだ。利口な悴なら断るだろう」

源三郎が「かわせみ」へやって来たのは、名前を告げずに立ち去った武士を東吾ではないかと思い、自分の勘の当ったのを確かめに来たようなものであった。

「俺の名前を出すなよ。妙なかかわり合いになるのはまっ平だ」

と東吾はいい、

「八丁堀の人間は口が固いものですよ」

笑いながら源三郎は帰って行った。

三

かかわり合いになりたくないといった東吾だったが、とかく世の中というものは、こちらが避ければ避けるほど、むこうのほうから近づいて来るといった廻り合せがあるもので、その朝、東吾は「かわせみ」の大川に面した岸辺のところで漕ぎ寄せて来た舟の船頭と話をしていた。

船頭といっても、それは葛飾の百姓で、殆ど一年中、自分の田畑で穫れた穀物や野菜などを積んで大川沿いの得意先へ売りに来る。

なんといっても、新鮮だし、安値なので「かわせみ」でも、お吉が贔屓にして毎朝、必ず寄るように約束を取りつけている。

東吾はこの舟が今時分になると持って来る草餅が好きだった。そして、八丁堀に住む兄の神林通之進も、東吾以上に、その草餅を気に入っている。

で、今朝は十個ずつ竹の皮包みになっているのを三包も買い、青菜や鶏卵、大根などをお吉がえらんでいる傍で、船頭から草餅作りの講釈を聞いていた。

上流のほうから叫び声が近づいて来たのは、そんな時で、まず一艘の猪牙《ちょき》が大川の流れのまん中をかなりの速さで流れて来た。

船頭は乗って居らず、着ているものからして若い女らしいのが舟の中に倒れている。

そして、その猪牙を追いかけるようにして、もう一艘、こちらはなりは大きいが、まだ餓鬼大将といった顔つきのが、必死で櫓にしがみつき、その傍で咽喉も裂けんばかりに絶叫している若い女がいる。

「ありゃあ、養生軒の、お咲って娘じゃないか」

東吾が岸から身を乗り出すようにし、それが目に入ったのか、お咲がこっちへ叫んだ。

「もしッ、あの舟を止めて下さい。助けて、お比佐さんを……助けて……」

葛西舟の船頭があっという顔をし、慌てて舟にとび乗った。続いて東吾が乗り移る。

「助けられるか……」

船頭が岸へ竿をのばして、大きく舟を流れに乗せるのをみて、東吾がいった。

「さあ……」

首をひねりながら、船頭が櫓に取りつき、東吾は代って竿をさした。

娘一人を乗せた猪牙は松平越前守の中屋敷沿いに大川を下って石川島に近づきつつあった。その先は海である。

いい具合に海のほうから上って来る潮の加減で川の流れが少しばかり遅くなる。

葛西舟の船頭は巧みに櫓をあやつって猪牙に近づいた。東吾が竿をのばして猪牙に寄せて行く。

「跳ぶぞ」

船頭に声をかけておいて、軽く船縁《ふなべり》を蹴った。乗り移ったはずみで猪牙は大きく揺れたが、倒れている娘はぴくりともしない。

「旦那」

船頭が縄を投げた。

東吾が受け止めて、縄の先を猪牙に結びつける。

「頼むぞ」

合図を受けて、船頭は力一杯、大川を元へ上りはじめた。

娘に近づいて、東吾はこれはまずいと思った。毒物を飲んだのか、唇のすみから血が流れて泡になっている。

船頭が流れにさからってなんとか大川端の「かわせみ」の岸辺に舟を寄せると、お吉が呼んだらしく、「かわせみ」の若い板前や嘉助が待ちかまえていて、縄をたぐって猪牙を岸へ着ける。

「若先生、こいつは……」

嘉助が娘をみて顔色を変え、板前が二人がかりで娘の体を舟から岸へ上げた。

「とにかく、医者を呼んでくれ」

お吉が心得て走って行き、嘉助は板前と一緒に娘を運んで行く。こういうことに「かわせみ」の連中は馴れていた。

東吾がふりむくと、猪牙を追って来たもう一艘は、葛西舟の船頭に助けられて、こちらもなんとか岸辺にたどりついた所であった。

「あなた様は、いつぞやの」

岸へ下りたお咲が東吾へ声をかけ、東吾は軽く舌打ちした。

「どうも、あんたの所とは縁があるなあ」

続いて下りた大柄の若い男が泣き出しそうな顔で訴えた。

「姉さんは毒を飲んでいます。お医者を……」

「わかっている。男のくせに泣きべそなんぞかくな」

どなりつけて、二人を庭づたいに連れて行った。

運ばれた娘は嘉助の指図で帳場の脇の小部屋に移されている。とりあえず布団を敷いて寝かされたものの、顔は土気色で、苦しげな呼吸が途切れがちであった。

東吾と男女二人がそこへたどりつくのと一足遅れて医者がかけつけて来た。娘の様子をみて、僅かに眉をひそめたが、手ぎわよく手当をはじめる。

「お前ら、そこに突っ立ってると邪魔になる。こっちへ来い」

医者の様子をみて、東吾は二人を帳場のほうへ連れて行った。

嘉助が近づいて来て、

「長助親分が参って居ります」

と告げた。それを待っていたように長助が顔を出す。

「大川を流されて行く者がいると知らせが入りまして、永代橋まで来ましたら、どうやら若先生がお助けなすった様子にみえましたんで……」

橋の上は人が鈴なりになって、東吾の活躍を見物していたという。

「若先生のお知り合いで……」

「一人は白山下の養生軒の娘だよ」

お咲がお辞儀をし、大きな図体の男の背中を叩いた。慌てたようにそっちが両手を突き、

「万之助と申します。お助け頂いたのは、姉のお比佐で……」

存外に神妙な挨拶をした。

「すると、室町の養生軒の倅だな。朝っぱらから、いったい、何があった」

東吾の言葉に、お咲がまず口を開いた。

「あたしは、昨日、お比佐さんに会いに向島へ行ったんです」

室町の養生軒梅屋の別宅が言問《こととい》神社の近くにある。

「お比佐さんから使が来て、うちの兄さんに来てくれって。でも、兄さんはお比佐さんにはもう話せるだけのことは話した。これ以上、会ったら自分が何をしでかすかわからない。自分とのことは縁がなかったと思って、どうぞ諦めてくれと、お前が向島へ行ってお比佐さんに伝えてくれというんです。兄さんはそりゃあ苦しそうで、夜もずっと眠れないらしいし、ろくにものも食べていないんです。それでも店の者の手前、元気そうにふるまっていて……」

万之助が口をはさんだ。

「うちの姉さんだってそうだ。健太郎の奴から別れ話を聞かされて以来、夫婦になれないのなら、生きてる甲斐がないと泣いてばっかりで……」

「待て」

東吾が二人を制した。

「お比佐は健太郎に片思いではなかったのか」

別れ話が出たということは、それまで二人が好き合う仲でないとおかしい。

「片思いじゃありません」

万之助が足柄山の金太郎みたいな顔をまっ赤にして抗議した。

「姉さんと健太郎が夫婦約束をしていたのは、お咲ちゃんも知っています」

お咲がうなずいた。

「万之助さんのいう通りです。二人はずっと前から親に内緒でつき合っていて、今年になってから、うちの兄さんが男の二十一はなんでもないが、お比佐さんも二十一、嫁《い》き遅れになってしまう、思い切って、お父つぁんに打ちあけて、今年中に祝言をあげたいって……」

「すると、寿太郎が反対したのか」

思いがけない話に、東吾が啞然としながら訊ねた。

「お父つぁんに反対されたのは間違いないんです」

健太郎は父親と蔵の中で話をして来たとお咲はいった。

「あたしは心配で、蔵の外で待っていたんです。お父つぁんがまっ青な顔で出て行って、あとから兄さんが泣きながら来て、あたしに、お比佐さんとのことは死んだ気であきらめるって……でも、変です。兄さんはもし、お父つぁんに反対されたら、お比佐さんとかけおちしても添いとげるって……それが、どうして……」

「健太郎は、お比佐と別れる理由について、なにか話していないのか」

東吾に訊かれてお咲が首を振った。

「どうしてもいいいません」

「うちの姉さんには、夫婦になれないわけがある。そのわけはいえないが、どうか勘弁してくれろといったそうです」

「夫婦になれないわけか……」

じっと聞いていた長助がそっといった。

「そりゃ、養生軒さんは室町の万右衛門旦那と白山下の寿太郎旦那が犬猿の仲ですから、おいそれとお二人を夫婦にする気にはなれねえでしょうが……」

お咲がじれったそうにいった。

「そんなことはわかってますよ。だから、兄さんはかけおちまで考えていたんです」

「本当に、お比佐は健太郎の口から、それ以外のことを聞いていないのか」

「姉さんは健太郎が心変りをしたと思っています。だから、向島で健太郎の代りにお咲ちゃんが来たのをみて、どうしても死ぬ、生きちゃあいられねえと泣き出して……」

万之助が気がついたように、ふりむいた。

廊下をへだてたむこうの部屋で、医者はお比佐の手当を続けているらしい。

お咲もいった。

「あたしと万之助さんで必死になだめました。兄さんの本心は今でもお比佐さんが好きに違いない。だから、もう少し様子をみて……」

明け方近くまで三人で話をして、流石に疲れ果てたお咲と万之助がうとうととして、気がつくと、お比佐が口から血を吐きながら苦しんでいたという。

「毒を飲んだってわかったので、万之助さんがお医者を呼びに行こうとしたら、お比佐さんが家をとび出して……」

どこにそんな力が残っていたのか、半死半生の体で近所の舟着場につないであった猪牙に乗って逃げた。

「あたしと万之助さんは岸を走って……」

途中で岸辺にもやってあった舟をみつけて乗り込み追いかけたが、素人の悲しさでなかなか思うにまかせない。

「こちら様にお助け頂かなかったら、今頃は……」

お咲が唇を嚙みしめた時、廊下に医者が出て来た。東吾をみて、首を左右に振った。

「どうにも、いけませんでした……」

四

お比佐の初七日の夜に、白山下の養生軒梅屋の裏庭で、健太郎が縊死《いし》を遂げた。

世間は親の兄弟仲の悪いのが理由で、各々の娘と悴が心中をしたと噂をした。

それから間もなく、東吾は軍艦操練所の帰りに本願寺の近くで、患家へ行く途中だという麻生宗太郎に出会った。

「立ち話でなんですが、東吾さんも御存じの白山下の養生軒梅屋の主人が出家して、西国巡礼の旅に出ましたよ」

「健太郎の父親だな」

こないだから胸につかえていたものが動き出した感じであった。

「店はどうなる」

「しっかり者の内儀さんが万事、切り廻しているようですよ。娘のお咲と、末っ子の寿吉というのと、二人の子もいますし……」

「室町のほうは、どうなんだ」

「主人は相変らず女道楽が続いているようですがね。万之助という悴がえらく真面目になって商売の勉強をはじめたようです」

「万右衛門に内儀さんはないのか」

「死んだお比佐の母親は、お比佐を生んで間もなく歿りましてね。その後、後妻に入ったのも、万之助が十五の時に病死していますよ」

宗太郎が東吾の表情を探るように見た。

「東吾さんはお比佐と健太郎が夫婦になれなかった理由を御存じのようですね」

「あの二人は……姉弟か……」

「どうして、そう思いましたか」

「他に、思いつかなかった」

「そうですか」

寿太郎が自分のところへ相談に来たのだと宗太郎は低くいった。

「健太郎が弟の娘のお比佐とつき合っている。夫婦になりたいといい出したら、どうしたものかと悩んでいました」

人は時に魔がさすのだろうと宗太郎はむしろ、淡々とした口調で続けた。

「母親の異る弟は女に手が早い。律義者の兄貴がひそかに好いていた娘を一足先にものにした。その上で女房にしたわけです」

「或る時、弟の女房とよりが戻ったというわけか」

「弟のほうは女道楽が絶えない。女房はつい、亭主の兄に愚痴をきいてもらう。昔、好きだった女から悩みを訴えられている中に、男女の間違いは起りやすいようですね」

万右衛門の女房のお常が寿太郎の子をみごもった頃、寿太郎の女房、お市もみごもった。

「神様も皮肉なことをなさるもんですよ。一方は女の子、本妻のほうは男の子です。さきざき、二人が好き合うとは、寿太郎にしてみたら、青天の霹靂《へきれき》どころのさわぎではありませんよ」

「死んだ二人が、不愍だな」

真実を知って健太郎はお比佐と別れる決心をした。が、その理由をお比佐に打ちあける勇気はなかった。

「とにかく、世の中には人智の及ばぬ廻り合せがあるものです」

では患家へ行きますのでと、宗太郎が立ち去ってから、東吾は大川の岸辺へ出た。

お比佐を乗せた猪牙に、東吾が追いついたのは、ちょうど、このあたりだったと思う。

何故、宗太郎は養生軒梅屋の兄弟の秘密を東吾に話して行ったのかと思う。

他人の秘事を軽々しく口にする男ではなかった。

（あれは、俺に対する忠告なのか）

東吾の兄、神林通之進の子として成長している麻太郎は、東吾の娘、千春と兄妹の関係にある。けれども、それを知っているのはごく少数の大人達で、当人同士はなにも知らされていない。

人智の及ばぬ廻り合せ、といった宗太郎の言葉が耳の中で大きくなり、東吾は唇を嚙みしめるようにして大川の先の海をみつめた。

遠い将来、麻太郎と千春が恋し合うとは、とても今の東吾には考えられない。

けれども、そうならないという保証はどこにもなかった。

（あいつ、俺にどうしろという心算《つもり》なのか）

途方に暮れて、東吾はおよそ東吾らしくない弱気をもて余しながら、いつまでも春の海原へ向って立ちすくんでいた。

佐助《さすけ》の牡丹《ぼたん》

一

江戸には花の名所が少くないが、深川富岡八幡宮の牡丹もその一つであった。境内の一隅にある牡丹畑は例年、季節になると色とりどりの花が咲いて参詣の人々の目を楽しませる。

更に何年か前から、江戸の牡丹作りの人々が丹精こめて育て上げた鉢物を持ちよって、この境内で牡丹市を開く。いってみれば、牡丹の品評会のようなものだが、そこで一位にえらばれたものは千代田城大奥の御台所へ献上されるという慣例がいつの間にか出来て、そうなると二位、三位となった鉢も然るべき大名家がお買い上げになったり、指折りの富商が争って入札したりで、次第に評判が高くなり、出品する者も江戸の近在にまで広がって、かなりな競争になっている。

「なんと申しましても、牡丹は百花の王とやらで、その大きさも見事なものでございますが、この節は色合いもなかなか変った花が出て参りました」

上位にえらばれた鉢には「楊貴妃」だの「天光」だの「紅輝」など、ものものしい名前がつけられているなぞと、深川長寿庵の長助が熱心に喋り散らして行き、大川端の「かわせみ」では、女主人のるいの気持がまず動いた。

もともと、るいは花好きで、大川に面した「かわせみ」の庭にも四季折々の花が少しずつ植えられて、その中には鉢物から土へ移した牡丹や芍薬《しゃくやく》も何株かある。が、素人の庭いじりだから、到底、品評会に出せるような代物ではない。それはそれで、充分、大事にされているし、「かわせみ」の人々も満足しているのだが、名人といわれるような人々の育て上げた牡丹はさぞかし美しかろうと、早速、東吾にその話をすると、女房に滅法甘く、万事に察しのいい亭主のことで、

「目と鼻の先の深川じゃないか。明日にでもお吉を連れて行って来るといい。千春だって女の子なんだ、きれいなものを見せるのは悪いことじゃなかろう」

といってくれた。

で、翌日、東吾が講武所に出かける時に、

「今日、千春を連れて牡丹市をみに参ります」

と断りをいった。

「気をつけて行けよ。なんなら、長寿庵へ寄って長助に声をかければ、喜んでついてい

ってくれるだろう」

千春を迷子にするなよ、と、いっぱしの亭主面《づら》をしてから颯爽と出かけて行った。

で、るいはこの日、出立する客をすべて見送ると、あとを老番頭の嘉助と女中達にまかせて、千春とお吉と共に深川へ向った。

「まあ、すっかりいい陽気になりましたですねえ」

と永代橋を渡りながらお吉がいったように春はもう終り、日ざしは夏である。

千春はこのところ、すっかり足が強くなって、小さな下駄をふみしめ、ふみしめ、ずんずんと歩く。

紅と紫をぼかし染めにしたところに蝶の柄がとんでいる他行着《よそゆき》に細帯を小さな文庫に結んで、肩のあたりで切り揃えた髪が動きにつれて扇のように広がるのが、なんとも愛らしい。

長寿庵へ寄って行けと東吾はいったが、ひょっとするとお上の御用で出かけているかも知れないし、わざわざ厄介をかけるまでもないと考えて、るいはそのまま富岡八幡宮の一の鳥居をくぐり、門前仲町へ入った。

「こりゃあ、若先生の御新造様、御参詣でございますか」

富岡八幡の境内へ入る所で、るいに声をかけたのは、永代の元締と呼ばれている文吾兵衛で、背後に倅の小文吾と二人の子分がついている。

何年か前に、本所の麻生宗太郎の娘、花世が迷子になった事件以来のつきあいで、義理堅い文吾兵衛は季節ごとの挨拶は無論のこと、なにかにつけて、まめに「かわせみ」に顔出しをしているので、るいは勿論、千春もけっこうなついていた。

「長助親分からこちらの牡丹市の話を聞きましてね、お詣り旁《かたがた》、見せて頂きたいと思いまして……」

るいの返事に、文吾兵衛が目を細くした。

「そういうことでございましたら、お邪魔にならねえように、お供をさせて頂きます」

境内はかなりの人出であった。

「千春嬢様は、この親父が抱っこをして参りましょうか」

文吾兵衛が両手をさし出すと、千春はすぐその腕につかまって軽々と抱かれた。

文吾兵衛は若い時、相撲取りになろうと思ったというだけあって、上背もあり、がっしりした体格なので、千春は抱かれ心地がよいらしい。

拝殿で参詣をすませてから、境内の牡丹市へ行く段になって、小文吾が先に立った。葦簀《よしず》をめぐらした入口から、ばらばらと文吾兵衛のところの若い連中がとび出して来て親分を迎える。

文吾兵衛に抱かれた千春は悪びれもせず、にこにこして彼らの前を通ったが、お吉は気遅れしたようにるいの背後にへばりつき、るいも少しばかり決まりの悪い思いをしながら入口を入った。

なかなか絢爛たる花の市であった。

もともと、牡丹は豪華な花だが、ここに集められているのは、花作りの職人が精魂こめて育て上げた逸品揃いで、枝ぶりはもとより花の大きさ、形状、色、各々に粋をこらしたのがずらりと並んでいる。

「お母様、きれい、きれい」

文吾兵衛に抱かれた千春が手を叩き、るいはその一鉢一鉢に目を奪われた。

もっとも見事なのは、奥まった所の他よりは一段高く作られた棚の上に十鉢ばかりが一位から十位までの札をつけられている。

「天女の舞」「獅子王」「綾衣」など凝った名前の鉢は、どれも甲乙つけ難いようだが、一位は流石に群を抜いている。

それは白い牡丹花であった。鉢につけられている名は「白貴人」。たしかにその名の通り、高貴な雰囲気の花であった。大輪の花びらはあくまでも白く、その花芯の部分だけがほんのりと紅に染っている。

優美な花の形と、たおやかな中にも凜とした風情が、まさに花の王者であった。

「この一位、二位っていう順番は、いったい、どうやって決めるんですか」

お吉が、かわせみ一行を守るかのように傍に立っている小文吾に訊いているのが、るいの耳にも聞えた。

「順位を決めるのは、鑑定人の花屋団蔵さんですよ」

目黒から白金へかけての大地主で、若い頃から花作りをはじめ、とりわけ牡丹作りの名人といわれたらしいと小文吾は丁寧にお吉に説明した。

「なんでも、旗本の酒井但馬様へお出入りをしていて、酒井様のお嬢さんが大奥へ御奉公に上っていて、けっこういい御身分なんだとか。それが縁で牡丹の鉢を献上してすっかり名を上げなすったそうですよ」

この節は、すっかりえらくなって花作りは職人まかせ、自分はもっぱら花の鑑定人と称して、こうした催しの顔役になっているという。

「それ、あそこにいる。あれが団蔵さんで……」

さりげなく小文吾が教えた人物は上位の花の鉢が飾られている棚の近くに立っている初老の男で、紋付に袴をつけ、その上に袖なし羽織を重ねている。

背が高く、押出しは立派で、しかも温厚そうな容貌で、見物に来たらしい知り合いに挨拶をしている物腰は丁寧であった。

如何にも花の鑑定人にふさわしい。お吉も同じように感じたらしく、

「やはり、お花の一位二位をお決めなさるようなお方はお品があって、御立派でございますね」

と、るいにささやいた。その時、一人の若い男が団蔵に近づいて何かいいはじめた。感情が激しているのか、声が荒々しい。

団蔵が当惑したように、男を制しかけた時、近くにいた男が二人、団蔵の前へ割って入った。

「この野郎、鑑定人さんにむかって何をいうか。お前の持って来た鉢は、あそこにある白牡丹だ。おかしな言いがかりをつけると承知しないぞ」

若い男の肩を突きとばした。が、突きとばされたほうはそれにもめげず摑みかかって行く。小文吾がとんで行った。

「そいつは気がおかしいんだ。昨年も難癖をつけやがって……小文吾さん、そいつの頭を冷やしに大川へでも叩き込んじまっておくんなさい」

突きとばしたほうがどなり、小文吾は若い男を制しながら外へ連れ出して行った。

見送っているるいの所へ文吾兵衛がやって来た。

「どうも、とんだ不風流で……」

るいとお吉をうながすようにして裏口から出た。

ちょうど境内を若い男がしょんぼりと歩いて行く所で、小文吾がこっちへ戻って来る。

「なんだったんです」

早速、お吉が訊き、小文吾が横鬢《よこびん》へ手をやった。

「なに、ちょいとしたかんちがいで……自分の出した鉢が、あの白貴人だというんです」

文吾兵衛がいった。

「白貴人は向島の久造どんのだろう」

今、若い男を突きとばした男が向島で牡丹作りをしている久造で、この牡丹市の世話人をしているという。

「だが、佐助は自分の作った花に見間違いはねえと……」

「佐助のも白い牡丹だったな」

「へえ、でも、白貴人とは数段、落ちます」

「小文吾は、佐助が鉢を運んで来たところをみているのか」

「みていません。花のことは一切、団蔵さんが自分の所の小作人を使って仕切っていますから……」

文吾兵衛がうなずき、るいは千春を抱き取って、礼を述べた。

「いろいろ、御厄介をおかけしました。おかげさまで、目の保養が出来ました」

小文吾に送らせるというのを断って、富岡八幡の境内を出た。

姉様人形を作る染紙や色紙を千春のために買い、顔なじみの茶店で葛餅を食べ、留守番の嘉助や女中達に串団子を買って、女三人は「かわせみ」へ帰った。

二

晩餉の時に、るいは富岡八幡の牡丹市へ出かけたことを、東吾に話した。けれども、鑑定人と若い男の口論に関しては黙っているつもりであった。それは、美しい花の話にふさわしくないと思ったからだったが、お給仕にすわっていたお吉にその斟酌《しんしゃく》はなくて、

「花を作る人にも乱暴者が居りますんですよ。牡丹をみに来ているお客の前で大声でど

なったり、口汚く罵ったり、折角の風流が台なしでございました」

といいつけた。で、るいが慌てて、

「でも、あれは、若い人が鑑定人さんに厄介なことを持ち出して来たからでしょう」

と、とりつくろいかけたのは、このところ、軍艦操練所の内部に紛争があって、そういったことにあまりかかわらない筈の東吾が、少からず不快な思いをしているらしいと気がついていて、せめて家にいる時ぐらいは気分のいい話だけにしておきたいと考えていたからである。

だが、東吾のほうは女房の心遣いも知らず、

「若い奴が、鑑定人に何をいって来たんだ」

と訊く。るいが返事をする前に、お吉が一膝乗り出して、

「なんですか、一位になった白貴人って名前の牡丹は自分が作ったのだっていっているんです」

「違うのか」

「白貴人を作った久造って人がお前のはむこうの白牡丹だっていってました」

「つまり、そいつの作った牡丹は一番じゃないんだな」

「同じ白牡丹ですけど、白貴人には及びませんです。両方をとっくり眺めてみましたけど、佐助さんのは花の大きさはまあ同じくらいですけど、どことなく力がなくて、花片も薄い感じがしました」

「佐助というのか」

「永代の元締が、そう呼んでいましたんです。まだ三十にはなっていないと思いますけど、けっこう感じのいい人で、男前っていうんじゃありませんが、実《じつ》のありそうな……」

「つまり、お吉が贔屓にしそうな奴ってことか」

「そうじゃありませんけど、久造って人のいい草が、大川へ叩き込んで、頭を冷やさせろなんて、あんまりだと思いまして……」

「そんなことをいったのか」

「花くらべに出るような牡丹だったら、ちょっと見には似たり寄ったりだと思うんですよ。一位になったのが、自分の作った花のようにみえてしまうことだってあるじゃありませんか」

「自分の作った牡丹を俺のだといわれれば腹も立つだろう」

「そりゃそうですけど……」

「いい加減にして下さい」

遂にるいが堪忍袋の緒を切った。

「千春のために、きれいな花をみせ、きれいな気持の子に育ってもらいたいと思って出かけたのに、なんにもならないじゃありませんか」

お吉が亀のように首をすくめ、お櫃を抱えて逃げ出して行き、東吾は、

「悪い、悪い。父様がまことによろしくなかった。今夜は千春の好きな一寸法師のお話

をしてやろう」

残っていた飯をさらさらとかき込んだ。

もとより、東吾は牡丹市の出来事に興味があったわけではなく、ただ、いつものようにお吉のお喋りにつき合っただけのことだったのだが、翌日、軍艦操練所へ行くと、控えの部屋で富岡八幡の牡丹市の話が出た。

「この御時世に、たかが牡丹の鉢に小判何枚、何十枚の値がつくのですよ。江戸の連中は何を考えているのか。上も下も腐り切って居る」

と憤慨している男の前におかれているのは瓦版で、たしかに値数十金の名花、絢爛と色を競う、などと書かれている。

で、操練所が終ってから、東吾は足を深川へ向けた。

富岡八幡の境内の牡丹市をのぞいてみると、どうやら今日で終りのようで、飾られた鉢の大方に、それを買った客の名前が出ている。

もっとも、大名家のような所は、あからさまに名を書かず、ただ金色の紙を貼りつけてあるのが、かえって誇らしげでもあった。

ざっと眺めて外へ出て来ると、文吾兵衛が待っている。

「うちの若い奴が、若先生がおみえなすったと知らせて来ましたので……」

眼許を笑わせた。

「ここは今日で終りか」

「花でございますから、そう長くは飾ってもおけません」

「みんな買い手がついたようだが、肝腎の花は盛りを過ぎてしまわないのか」

文吾兵衛がさりげなく歩き出したので、東吾もそれに続きながら訊いた。

「作り手は、そのあたりをよく考えて居ります。今、咲いて居りますのが盛りを過ぎましても、続いて蕾の開くのが、それ以上の美しい花であるように、工夫をしたりしているそうでして……」

「伊達や酔狂で花作りをしているわけじゃないんだな」

境内の奥まった所にある茶店へ文吾兵衛が東吾を誘《いざな》った。

あまり、客が入っていない。

「若先生は、佐助さんのことをお聞きになってお出かけなすったんじゃあございませんか」

茶が運ばれてから、文吾兵衛がいった。

「内儀さんから風流を台なしにするようなことに首を突っ込むな、と釘をさされているんだがね」

花作りが自分の作った花を他人のと見間違えるようなことがあるのかと聞いた東吾に、文吾兵衛は苦笑した。

「手前は柄にもなく鉢物なんぞが好きで、少しばかりは道楽の真似事を致した時もございましたが、盆栽などと違って、花は、けっこう、よく似たものがございます」

「しかし、鉢で見分けは出来ないのか」

この冬、東吾が出かけた植木市で蘭をみたが、各々、鉢の形や素地が異っていたようだった。

「この牡丹市では、出品致します花はみな、同じ寸法の素焼の鉢を用いることになって居りますので……」

鉢そのものが上等だと、それにひかれて花の見栄えがよくなるのを避けるためにそうしていると教えられて、東吾は笑い出した。

「俺としたことが、花ばかりに目が行って、鉢には気がつかなかったよ」

「それが目的でございますから……」

買い手が決ってから、先方の意向を聞いて然るべき鉢に植え替えて届けるらしい。

「不粋な話だが、この市で一位だの二位だのになったら、作り手にはさぞかし、いいことがあるんだろうな」

渋茶を飲み、文吾兵衛が注文した焼団子に手をのばしながら東吾は訊ねた。

「それはもう、よいことずくめのようでございます」

まず、上位に入った牡丹に高値がつくが、それだけではなく、その作り手の畑の牡丹も値が上る。

「市に出品致しますのは、その年、自分の畑で育てた牡丹の中の最も自信のあるものでございましょうが、同じ畑には似たような出来具合のものがまだまだある筈で、それらを売りますにも、ぐんと有利になりますとか」

その他にも、買い手が大名家であれば、声がかかって庭園の花畑をまかせられることもあるし、場合によっては高貴な方の前にも出る機会がある。

「なんに致しましても、花作りの職人にとっては、これ以上の出世はありますまい」

鑑定人をしている花屋団蔵にしても、最初は一介の花作り職人であったと文吾兵衛はいった。

「職人にしては学問もあり、才智に富んだ人なので、あそこまでのし上りましたが……」

「白貴人を作った久造というのは、名の知れた作り手か」

「左様……ここ数年は必ず上位に入る花を作って居ります。それ故、世話人にもえらばれているようで……」

毎年の牡丹市で上位に何度かえらばれた花作り職人の中から、世話人が任命され、鑑定人の手助けをするらしいと文吾兵衛はいった。

「手前どもは、こういった催しの折、なんぞ粗相があってはならないので、若え者達が出張って来て居りますが、牡丹市もその一つでして、花の順位のことなんぞはかかわり合って居りません」

それは東吾も承知していた。

「ただ、先程も申しましたように、手前は花だの植木だのに満更、興味がねえこともなくて、悴から笑われながら花作りの職人とつき合ったりして居ります。とりわけ、牡丹は好きでございますから……」

「佐助というのは、どうなんだ。今までに上位に入ったことはあるのか」

「それは、なかったと思いますが……」

茶店へ小文吾がかけつけて来た。

「御寺社から役人がみえなすった。なんでも、佐助が訴えたということなんで……」

文吾兵衛がすばやく茶代をおいて立ち上り、東吾は大刀を摑んで、その後に続いた。

三

牡丹市の行われている小屋からは見物人がすべて追い出されていた。

富岡八幡宮からは、執務職をつとめている良祐という坊さんが来ていて、こちらは東吾とも顔見知りの仲なので、文吾兵衛の後から入って来た彼に軽く目礼を送って来た。で、その傍へ寄って、

「たまたま、境内で文吾兵衛と話をしていたところなのですよ。いったい、何があったのですか」

と訊いてみると、顔をしかめて、

「手前も、何がなにやら……只今、御寺社のほうから向田吉十郎様というお方がみえられまして、当寺において行われている牡丹市に不正があると訴えがあったとおっしゃい

ます」

たしかに境内は使用させているが、牡丹市については何も知らぬと当惑げであった。

向田吉十郎という役人は、もう六十に近いのだろう、如何にも実直そうな老人で、おそらく、こうした厄介事があるたびに、まわりから押しつけられて収拾に出て来るのだろうと推量された。

向田に話をしているのは鑑定人の花屋団蔵で、上背があって貫禄たっぷりの体つきだから、みた目には、こちらのほうが寺社侍の役人といった感じがする。けれども、腰を低くし、丁重な話し方で、向田も安心して耳を傾けている。

「実は、佐助が白貴人を自分の作ったものと申して参りましたのは、昨日のことで、手前もここに居りまして、話を聞いて居ります。けれども、久造が……こちらは白貴人の作り手でございますが、間違いなく自分の作った花だと申しますし、よもや、花が取りかわるようなことがあろうとは思いませず、佐助の思い違いと判断致しました。お上に御厄介をおかけ申しまして、お詫びの申しようもございません」

温和な表情が悲しげにみえた。

向田吉十郎が、地面にべったりすわって手を突いている若者を見返った。

「この者の訴えによると、牡丹の鉢はここへ運び込まれた後に、別の鉢と取り替えられたに違いないと申すのじゃが……」

まさか、と呟いて、団蔵が説明した。

「運ばれて参ります牡丹の鉢は、早速、その場で番号のついた木札がつけられます。木札は同じものが二枚ございまして、一枚のほうは持って参りました作り手に渡されます」

世話人らしい一人が、棚から七番と木札のついた白牡丹の鉢を持って来た。

「これが、佐助どんの鉢で……」

役人がうながし、佐助は懐中から木札を出した。七番である。

「お役人様に申し上げます。俺の鉢の七番の札は、取り替えられたに違えねえのです。俺の作った牡丹は、あの白貴人で、この七番の札のついた牡丹はよく似ているが、俺のではねえです」

向田吉十郎がいった。

「訴状によると、其方は白貴人が自分の作った花であるという、しかとした証拠があると申し立てたそうじゃが、それに相違ないか」

佐助が緊張の余りか、蒼白になりながらいった。

「証拠は、白貴人の土の中の根をお調べ願います。根に紙を巻いて、そこに俺の名が書いてあるので……」

その場に動揺が起った。

自分の作った牡丹の根に作り手の名を書いた紙を巻くなどという奇想天外なことが、佐助の口から語られて、小屋の中にいた者が声を失った。

牡丹市の最終の日だったから、この時刻、出品者の大方が小屋へ来ていたので、その人々は見物人ではないから外へ追い出されることもなく、この成り行きを見守っていたものだ。

向田吉十郎が世話人の一人に命じて、白貴人の鉢を運ばせた。

大輪の白牡丹は重たげな貌をかすかに揺らしながら佐助の前へおかれる。

「では、証拠をみせよ」

向田の指示で、佐助が鉢に手をかけた。

人々が息を殺してみつめる中で、佐助の手がそっと土を掘り、丁寧に周囲から余分の土を落して行く。

立派な牡丹の根は、土にかくれた部分も見事であった。

「これでございます」

かすれた声で佐助が根の一部を指した。そこには泥にまみれて白い帯状の紙が巻いてある。向田吉十郎が自身で、それをめくり取った。

何度も水を吸い、土になじんだ紙の文字は読みにくいほど汚れていたが、それでも、仮名でさすけと三文字がみえた。

「団蔵、これは如何《いかが》したことじゃ」

向田がふりむき、鑑定人は驚愕したまま、頭を下げた。

「何故、このようなことにあいなりましたやら見当もつきませんが、白貴人は佐助の作りました花に間違いございません」

佐助が根まであらわにされた白貴人をみつめ、男泣きに泣き出すのをみて、東吾は小屋の外へ出た。すぐに、小文吾がついて来る。

「俺は長助の店にいる。この後、どう始末をつけるのか、少しばかり気になるんだ。面倒でも知らせてくれるか」

小文吾が大きく合点した。

「必ず、あっしが、参《め》えります」

請け合って小屋へ戻って行く小文吾を見送ってから、東吾は長寿庵へ行った。

長助はいい具合に店にいた。

軍艦操練所の帰り道、まだ午飯を食っていないという東吾のために、早速、天麩羅蕎麦が運ばれて、腹ごしらえをしながら話す牡丹市の件に長助は耳をすませた。

「牡丹市についちゃあ、昨年だったか、一昨年だったか、ちょいと小耳にはさんだことがございますんで……。どうも、あの市を取りしきっている連中のなかに不正を働く奴がいるってえな噂でございます」

悴が持って来た蕎麦湯を湯桶《ゆとう》から蕎麦猪口《ちょく》に注いだ。

「今度のように、花そのものを取りかえるってことか」

「いえ、そうではございませんで、どうも、順位を決めるのに匙加減《さじかげん》があるてえなことでして……」

「順番を決めるのは、鑑定人だろう」

「ですが、花屋団蔵という人は自分だけの意見では不確かだからと、富岡八幡の坊さんだの、世話人なんぞの意見も聞いているって話で……」

「では、誰が匙加減をするんだ」

「そこの所がわかりませんで、まあ、上位に入れてもらえなかった奴が、やっかみでいうんじゃねえかといった話になりました」

たしかに自分の作った牡丹が上位に入らない者が口惜しまぎれにそうした噂をふりまくことは考えられる。

「ですが、その佐助って男、根っこに紙を巻いておくなんてことを考えつくからには、多分、前から自分の作ったのが、他の奴のと取り替えられているんじゃねえかと疑っていたんじゃあございませんか」

長助の言葉を東吾も肯定した。

「俺もみていて、こいつは昨日今日、思いついたんじゃねえなと考えたよ」

「白貴人てえのは、そんなに立派な牡丹なんで……」

「ああ、俺のような不風流者でも、こいつはたいしたもんだと思ったよ。だがね、それだけの牡丹を作る奴が、今まで上位に入ったことがないんだと……」

「おかしゅうございますね」

或る年、突然、見事な花が咲いたという話もないわけではあるまいが、

「まあ、ああいったものは、少しずつ、工夫をして、だんだんに立派な奴が出来上って行くってえのが普通でして……」

と長助はいう。

「たかが花のことだが、瓦版によると、上位になれば何十両もの値がつくらしい。もし、不正があるなら、知らん顔も出来ねえだろう」

「おっしゃる通りで……まあ、鑑定人の花屋団蔵てえ人は、世間に名が通っていますから馬鹿な真似はなさるまいが、その下で働く世話人や小作人が牡丹市を金もうけの場にしているってえことはあるかも知れません」

そんな話をして半刻ばかり、長寿庵の暖簾をくぐって入って来たのは文吾兵衛であった。

「小文吾の奴が若先生と約束をしたと申しましたが、今度の件はあいつよりもあっしのほうが話が早ようございます」

髭もじゃもじゃの顔に愛敬のある微笑を浮べた。

「早速、御報告を申します」

佐助の申し立てで、一位の白貴人は佐助の作った花であることが認められた。

「ですが、これまでの慣例で一位にえらばれた花は大奥へ献上することになって居りますとか……」

それは、花屋団蔵の主筋に当る旗本の酒井家の娘が千代田城大奥へ御奉公に上っているので、そちらを通して献上するという形になっている。無論、牡丹市に箔をつけるのが目的であった。

「団蔵さんが申しますには、このようにけちのついた白貴人をおそれ多くも将軍様の大奥へ献上するのは、どうも具合が悪い。ついては二位となっている大曙光と申しますのを、白貴人に代えて献上致したいと、かような話になりました」

向田吉十郎もそれに賛成し、たかが花のことで大事《おおごと》になるのは如何かと、あまり騒ぎ立てないように注意をした。

それというのも、大奥への献上といい、また、牡丹の買い手の中には大名や旗本、大商人の名が並んでいるので、下手に瓦版などで書き立てられて、そういった人々に迷惑をかけるのを怖れてであった。

「しかし、大曙光と申す牡丹にも買い手は決っていたのだろう」

それは薄桃色で花片が内側へ行くほど色が濃くなっている牡丹だったと、東吾は記憶していた。

「買い手は蔵前の札差で池田屋さんでございました。団蔵さんが日頃、懇意にしていることもあり、旦那に事情をお話し申して、代りの大曙光で御勘弁願おうと……」

「代りの大曙光があるのか」

「大曙光の作り手は、豊島村の庄右衛門と申す人ですが、実はどちらがよいと作り手も判断しかねるほどのがもう一鉢あるのだそうで、あらかじめ、団蔵さんに二鉢をみせて、その一鉢を市に出したと申すことでございました」

従って、花屋団蔵が止むなく大曙光を代りにと考えた理由は、これならもう一つ、甲乙つけ難い品があるのを承知していたからということになる。

勿論、庄右衛門は団蔵の頼みに、喜んで承知をした。

「気の毒なのは、佐助でございます。団蔵さんから、こんなことになって、まことにすまないが、お役人にいわれたように、今度の不祥事が世間へ洩れると、牡丹市に疵がつくし、買って下さるお客様にも迷惑をかける。そうならぬよう一切を口外しないように、従って白貴人はどこにも売ってはならない、売れば必ず本当はこれが一位だったのに、何故という話になってしまう。だから、お前のところで内々に処分するようにと……」

長助がたまりかねたように口を出した。

「それじゃあ、佐助ってのが貧乏くじをひかされたんで……」

文吾兵衛が口許をひきしめるようにした。

「佐助と申しますのは気性の激しい男でございまして、団蔵さんの説得に承服しかねる面がまえでございましたが、お役人の手前もあって何もいわず、白貴人を持って帰ると申しました」

なんにせよ、一件落着して、今、小屋は出品した鉢を持ち帰る者、買い手の注文に応じて鉢に植え代える者などが、その斡旋をしている団蔵の家の手代などとの打ち合せで、大さわぎだといった。

「そういった花の出品者や世話人は、佐助に対して、どんな様子だ」

考え込んでいた東吾が口を開き、文吾兵衛は、軽く頭を振った。

「それは、やはり、よいとは申せません」

佐助が訴え出たおかげで牡丹市にけちがついたと考えている者が多く、

「とりわけ、白貴人の出品者だった向島の久造などは大層な立腹で、自分は鉢だの、名札だのを取りかえたおぼえはない。大方、誰かのいやがらせだろうと、佐助の名こそ出しませんが、あてつけがましくいい募って居りました」

と答えた文吾兵衛に、東吾は組んでいた腕をほどいていった。

「俺の勘だが、この一件にはどうも、もう一つ裏があるような気がするんだ」

自分の作った牡丹だと証明するために、根に紙を巻くという佐助のやり方もさることながら、その結果、白貴人を自分の作ったものと主張した久造が、鑑定人に糾明されもせず、おそれ入りもしないでふんぞり返っている。

「佐助の家はどこだ」

「小村井村、梅屋敷の近くでございます」

本所のはずれ、中川沿いのあたりだといった文吾兵衛に、東吾はちょっと格子窓のむこうの空を眺めるようにした。

すでに夕刻だが、この季節のことで、まだ暮れてはいない。

「思い切って、佐助に当ってみるか」

鍵はあいつが握っていると東吾は考えていた。

「少くとも、あいつは何かを知っているよ」

文吾兵衛もうなずいた。

「このまま捨てておいては、ろくなことにならねえような気がして居ります。若先生がそうおっしゃらねえでも、あっしは佐助と話してみるつもりで居りました」

自分が取りしきっている深川内のことだと文吾兵衛がいい、長助が前掛をはずした。

「若先生がお出かけになるなら、あっしもお供を致します」

東吾が苦笑した。

「うちの内儀さんに、よけいなお節介といわれそうだが、気になることはとっとと片づけちまわねえとどうもさっぱりしねえ。ま、行ってみるか」

長寿庵を出て、男三人、長助の先導で舟着場のほうへ歩き出すと、小文吾が二人の子分と一緒に走って来た。

「若先生、どちらへお出かけか存じませんが、あっしもお供を……」

文吾兵衛は苦い顔をしたが、東吾はこの若者が来るなといってもついて来るのを知っている。

「いいとも、みんなで川っ風に吹かれて来よう」

深川佐賀町から猪牙に乗った。

仙台堀へ出てまっしぐらに横十間川へ出る。

「佐助ってのは血の気が多そうだな」

東吾が呟いたのは、目の前に、これも相当に血の気の多い小文吾がすわっていたから だったが、

「普段は大人しい職人でございますが、堪忍袋の緒が切れると何をしでかすかわからね えところがございます。あいつの親父とは少々つき合いがございましたが、よく悴のこ とを心配して居りましたよ」

文吾兵衛が昔を想い浮べる表情になった。

「親父も花作りか」

「菊が得意でしたが、牡丹も手がけて居りました。歿って昨年が三回忌で……」

「親父も、牡丹市に出したことがあるのか」

「やりませんでした。佐助の親父はそういうことが嫌いで、それでも佐助が自分の作っ たものを市に出すのは悴の勝手だと割り切っているような親父でございました」

「佐助は独り者か」

「いいえ、とっくに女房をもらいまして、五つになる悴が居ります」

「五つか」

ふっと東吾が黙ったのは、気持が兄の屋敷にいる麻太郎へむいたためで、つい先日も 八丁堀の道場へやって来て、畝源三郎の悴の源太郎と熱心に稽古をしていた。剣術の稽 古だけではなく、二人の仲のよいのは、兄の通之進が、

「まるで東吾と畝源三郎の昔を見るようだな」

と感慨深くいったのでも、よくわかる。

それにしても、歳月というものはすみやかに過ぎて行くと、東吾は暮れなずむ空を眺めて少々、感傷的な気分になった。

舟は柳島村のへりを通って北十間川へ入って行く。

四

猪牙を下りた所は一面の田畑であった。

佐助の家への案内は文吾兵衛がした。

外からみた感じでは農家のような造りである。近づくと、女の声がした。

「行かないで……」

と叫んだようである。家の中から佐助がとび出して来た。目の前にいる東吾達に気がついて棒立ちになった。手に牡丹の鉢を持っている。白貴人であった。腰にはまだ火のついていない提灯をさげている。

「どこへ行くんだ」

東吾が声をかけたが、佐助は返事をしない。

が、佐助の後から顔を出した若い女が、

「文吾兵衛様……」

と呼んだ。

「助けて下さい。佐太郎がさらわれました」

「黙れ、黙ってろ」

佐助がどなり、文吾兵衛が彼の胸倉を摑んだ。

「佐太郎がさらわれたって、いったい……」

血走った目で佐助が睨んだ。

「今から取り返しに行くんです。この手をはなしておくんなさい」

「どこへ……」

「そいつをいったら、倅の命がなくなります。後生だから、ほっといて下さい」

文吾兵衛の手をふりはなして走り出した。

女が追った。

「行かないで……あんたも殺される……」

だが、佐助は家の前の綾瀬川につないであった舟にとび乗った。

それとみて東吾は叫んだ。

「俺達を信じろ。信じられたら、提灯の灯をどこまでも消さずに行け」

すでに佐助は纜《ともづな》を解いていた。流れに乗って小舟はすべり出している。

「佐助」

文吾兵衛がどなったが、舟はみるみる遠くなる。見送った東吾の口許が少しゆるんだのは暗いなかに、ぽつんと灯がみえたからで、それは佐助が提灯に火をつけたのに違いない。

その間に文吾兵衛が指図をした。

小文吾と二人の子分は舟を追って綾瀬川沿いの道をかけ出して行く。

「若先生、こっちへ……」

長助がここまで乗って来た猪牙の所へ戻って行って呼んでいる。

「助けて、うちの人を助けて下さい」

すがりついて来た女を文吾兵衛が支え、東吾と一緒に猪牙へ乗った。

無燈のまま、こっちの舟も川をすべり出す。

「おみよさん、わけを話すんだ」

文吾兵衛にうながされて、若い女は顔を上げた。

「うちの人が牡丹の鉢を持って帰って来て、すぐ後から男の人が来ました。あたしが出て行くと、こんなものを押しつけて逃げるように……」

くしゃくしゃになった紙片の文字を読むために、長助が蠟燭の灯をつける。

文吾兵衛がその灯を袖屛風でかくし、すばやく、東吾は文を読んだ。

「悴を助けたければ、白貴人を持って来い。他言すれば殺す」

それだけであった。

「佐助は、どこへ行ったんだ」

蠟燭を吹き消して東吾が訊ねた。

行く先は、文には書いてない。

おみよがかぶりを振った。

「あたしには、わかりません。でも、うちの人は牡丹市の不正をずっと調べていましたから」

その佐助には呼び出された場所がわかったに違いない。

綾瀬川を行く佐助の舟を追って、船頭は少しずつ間合《まあい》をつめている。

「ひょっとすると、向島の久造の所かも知れません」

文吾兵衛がいったが、すでに綾瀬川は大川へ流れ出すあたりに来ている。

岸辺から小文吾の声が近づいた。

「佐助の舟は大川へ出ますぜ」

綾瀬川と違って、大川は夜となっても舟の往来が少くない。

見失うと一大事と東吾は思ったが、長助は驚かなかった。

「若先生、深川の船頭は夜目がききますんで」

実際、船頭はきっと前方を見すえたまま、悠々と舟を進ませている。

大川を猪牙は千住大橋へ向っていた。

小文吾達はそのまま、岸辺を走っているらしいが、その姿はもう見えない。

千住大橋を越えて、大川は左に折れた。これまでとは逆の方向へ向って流れている。

遥かに遠く、ぽつんと灯がみえていた。蛍火に似たその灯が佐助の気持を伝えてくるようで、東吾も文吾兵衛も目を放さなかった。

「ここらは尾久村あたり、このまま行けば、豊島村の渡し場がみえて来る筈で……」

長助の言葉に、文吾兵衛が反応した。

「豊島村には庄右衛門が居ります。大曙光の作り手で、牡丹市の世話人でもございます」

佐太郎をさらい、佐助を呼び出したのは庄右衛門かと思う。

「敵は余っ程、佐助に喋らせたくないんだな。手の打ち方が実に早い」

東吾が一人言のように呟いた。

白貴人が佐助の訴え通り、佐助の作った牡丹だとわかり、そのあと、大奥への献上は大曙光に代えると決ってから、佐助は牡丹の鉢を抱えて自分の家へ帰った。

それを追いかけるように、男が脅迫状を届けに来たというのは、まだ佐助が深川にいる中に、誰かが佐太郎を誘拐しに来たことになる。

「佐太郎は、どこにいたんだ」

化石したようなおみよに東吾が訊ね、若い母親はかすれた声で返事をした。

「あたしが飯の支度をしている時、畑のほうに出ていたと思います。あの子はうちの人の帰りを待ちかねていたんです」

佐助が帰って来て、はじめて佐太郎の姿のみえないのに気がついたという。

「むこうも、相当、どたばたしているな」

もしかすると、文を届けに来た男の他にもう一人いて、そいつが佐太郎を連れて行く、代りに男が文を届けるといった段取りだったかも知れないと東吾はいった。

「もし、そうだとすると、敵も舟だぜ」

この騒動の仕掛人が豊島村の庄右衛門ならば、深川から豊島村へ行くのは、陸路よりも川筋を行くのが遥かに便利であった。

大川もこのあたりまで来ると、流石に往来の舟がめっきり少くなっている。

空は星が数多くまたたいているが、月はまだ出ていない。

暗い川を燈なしで往くのは危険だが、この際、止むを得ない。

「佐助の舟が岸へ寄せましたぜ」

長助が低くいった。

場所からすると、豊島村の渡船場の手前のようである。

「船頭、船足を落せ」

東吾の指示で猪牙は夜にまぎれるように櫓の音を消した。

前方をすかしてみると、提灯が二つ三つ、佐助を囲むようにして畑の中の道を行くらしい。

「文吾兵衛は庄右衛門の家を知っているか」

東吾に訊かれて、文吾兵衛は申しわけなさそうに首をふった。

「あいつとは、つき合いがございませんので……」

「その辺で舟を下りよう」

舟をつける場所は船頭が探した。

「おみよさんは、ここに残っていろ。佐助は必ず助け出す、佐太郎もだ」

文吾兵衛がそういって、まず一番に下りた。

続いて東吾、長助。

そこは草地であった。前に広がっているのは田植えの終った新田ばかりのようである。

遥かにみえていた提灯の光が、急に消えた。

どこかへ入ったらしい。

「急げ」

三人が前後して灯の消えた方角へ行く。

たどりついてみると、そこは寺の土塀のへりであった。

佐助を連れた男達は、どちらへ行ったのか、しんとした夜の中には物音がない。

「まさか、この寺の中ってことはありますまいね」

長助が呟いた時、土塀の横で人影が動いた。

「若先生……」

「小文吾か」

「有難え。こっちでござんす」

川からは姿が見えなかったが、小文吾達はひたすら佐助の舟の灯をめざして岸辺を走って来ていたらしい。

その小文吾の案内でたどりついたのは寺の隣、ここも佐助の家と同じような農家であった。

遠慮のない大声が聞えている。

小文吾がすばやく軒下に身をひそめるのを真似て、東吾もしゃがんだ。

「佐助の奴は、餓鬼と一緒に物置にとじこめましたが、どうなさいます」

という声は、どうやら庄右衛門のようで、それに対して、

「二人共、殺せ。白貴人を取り上げれば用はない」

と命じた者がいる。

「生かしておけば、必ず、奴は喋る。口を封じておかないと危い」

そっと東吾は窓辺に近づいた。煙出しの窓からのぞくと思ったより近くに男の顔が行燈《あんどん》のあたりに浮んでみえた。

内心、やはりと思う。こいつが元兇なら平仄《ひょうそく》が合うと腹の中で手を打ちながら戻って来ると、長助が耳元でささやいた。

「元締と悴は、物置へ行きました。佐助さんと悴をすくい出したら……」

といいかけた時、騒ぎが起った。

「物置が、火事だ」

と叫ぶ声が聞える。

東吾と長助が走った。

行く手に文吾兵衛と小文吾、それに佐太郎を背負ったらしい佐助の姿がみえる。

「若先生、この道を行けば千駄木の町屋でござんす。まだ宵の口、人も顔を出しますし、番屋もござんす」

小文吾のいわんとするところを、東吾は察した。

「よし、行け。俺は後から追い出し役をする」

「合点……」

佐助父子を囲んで小文吾達が走った。どやどやと家から出て来た男達が、それをみつけて追いかける。

男達の中に庄右衛門と花屋団蔵の姿を確認してから長助と東吾がその後に続く。

道はすぐに武家屋敷の外を抜け、千駄木の町屋に出た。

ここは中仙道に通ずる街道で、人も通るし、店も戸を閉める時刻ではない。

逃げて来た小文吾達が、口々に叫び出した。

「助けてくれ。追いはぎだ」

「盗っ人が来るぞ」

「お役人……お役人様はいませんか」

わあわあというさわぎに店から出て来た人々は、子供を背負って逃げて来た者と、あとから抜き身をさげて追いかけて来た男達の鬼のような形相をみた。

流石に、団蔵が気がついた。

「まずい、戻れ」

といった鼻先に、東吾が白刃を突きつけた。

「盗賊はお前らか、神妙にしろ。じたばたするとぶった斬るぞ」

長助が十手をふり廻した。

「御用だ、御用だ。神妙にしろ」

番屋から番太郎がかけ出して来た。

東吾と長助はいいように働いて、庄右衛門と団蔵、それに団蔵の手代や小作人など合せて七人を叩き伏せた。

五

畝源三郎の取調べに、まず手代や小作人が口を割り、続いて庄右衛門が白状した。

花屋団蔵が牡丹市を取りしきるようになってから、あらかじめ、団蔵の所へ挨拶に行き金品を贈ると順位のよいほうへ廻してくれるというので、出品者の大方がそうするようになり、次第に贈る金高にも相場が出来てしまった。

「少くとも五両、十両の金を包みませんことには、いくらいい牡丹を出品しても上位には入れませんので……」

上位に入れば、一鉢数十両の値がつく上に自分の畑の牡丹も高額で取引される。

「十両包んだところで、損にはなりません」

佐助の父親は牡丹市の、そうした慣例を知っていて、遂に自分の鉢を出品することはなかったが、佐助は世話人をしている庄右衛門の所へ相談に来たという。

「佐助が申しますには、誰の目にも最高の出来と思える牡丹を出品すれば、不正を働くことなく上位に入るのではないかと申しまして……」

実をいうと、庄右衛門は牡丹作りの上で佐助の父親の教えを受けたこともあり、株をわけてもらったりして、佐助とも昵懇《じっこん》であった。

それだけに、自分も団蔵に金を使って上位に入り、気に入られて世話人にえらばれたのだとは、口に出せなかった。で、よい牡丹を出品すれば自分も力になって上位にえらばれるように団蔵に進言すると調子のよいことをいってしまい、それを信じた佐助は毎年のように見事な牡丹を出品するようになった。

だが、団蔵はそういった佐助の態度を不快として決して上位には入れなかった。

「でございますが、今年の白貴人は誰がみても、それは立派なもので、あれを上位に入れなかったら、鑑定人の目が疑われます。それで、久造の白牡丹が似ている所から二つを取り替えるという乱暴なことを致しました」

一方、佐助のほうも団蔵の不正が噂以上だと気がついて、いざという時はお上に訴え出る気で根に細工をした。

団蔵にしてみれば、佐助は鑑定人に楯つく危険人物ということになる。

もう一つ、自分も牡丹作りでかつては名人といわれただけあって、団蔵は白貴人に惚れ込んだ。

「どうしても、白貴人を自分のものにしたいといい出しまして。そのためには佐助の子をさらい、白貴人とひきかえにするといい、親子共、殺して口をふさごうという怖しいことを……」

庄右衛門の告白と、次々と呼び出された世話人達の証言で、花屋団蔵の罪状は明らかにされた。

そうなってから、源三郎が東吾に訊いた。

「なんで小文吾は団蔵達を豊島村で捕えず、千駄木の町までおびき出して大捕物にしたんですか」

東吾が律義な友人の顔を眺めて苦く笑った。

「あいつは俺達よりもお上ってものを信用していねえんだ。豊島村で団蔵を捕えて突き出したところで、なんの証拠もない。佐助父子のことにしたって、あいつらが勝手に白貴人を持って売り込みに来ただけだとか、いい抜ける方法はいくらでもあるだろう」

牡丹市の不正にしたところで、団蔵が鑑定人の座にある限り、誰も本当のことは白状しない。

「世の中は、みかけが立派で、旗本だの、大奥だのにひっかかりのある人間のいうことと一介の花作り職人の申し立てと、どっちを信用するものか。まして、役人の中には金でどうにでもなる奴がいると、小文吾は承知していたんだ」

「成程、千駄木の人々は、生き証人と申すことですな」

子供をおぶった男を、白刃を持った男達が追いかけて来て、それが岡っ引につかまった。

「少くとも、人を殺そうとしたってことだけは、はっきりする」

そうした上で、役人が調べれば、団蔵が如何に弁解しても、或る程度の真相はお上の耳に達するにちがいないと判断した小文吾を、東吾は流石、裏稼業の家に育っただけあると舌を巻いている。

「あいつらの世界は、とにかく証人が大事、もっとも力のある証人は、町の連中、それも一人でも多いほうがいいってことだ」

花屋団蔵は諸人をまどわし、正直者を殺害してその口をふさごうとした罪、軽からずとして、大島へ流罪となり、彼につけ届けをして上位に並び、世話人となった者達は家財没収の上、江戸追放にされた。

「人はみかけじゃわかりませんですね。あの立派そうな鑑定人が、忠臣蔵の高師直《こうのもろなお》さんみたいな真似をしていたっていうんですから。おまけに人さらいだの、人殺しを企むなんて、仏顔の悪人ほど怖しいものはありませんですよ」

さわやかな日ざしが「かわせみ」の縁側にさし込む午下り、女中頭のお吉が何度となく同じせりふをくり返し、るいは竹刀の手入れをしている東吾の横顔を眺めて忍び笑いをしている。

大川を気の早い苗売り舟が、威勢のいい売り声を響かせて通って行った。

江戸《えど》の蚊帳《かや》売り

一

江戸の四月は、もう初夏であった。

大川端の旅宿「かわせみ」でも、戸障子はすっかり簾戸《すど》に変って、はやばやと女中頭のお吉が軒端につるした風鈴が川風に涼しげな音を立てている。

四月八日、いつもより早めに軍艦操練所から帰って来た神林東吾が女房子とお吉を連れて深川の永代寺に出かけたのは、数日前、長寿庵の長助が、

「この節、永代寺さんの灌仏会《かんぶつえ》は大層な飾りつけになりまして、花御堂《はなみどう》のお釈迦様も立派でございますが、花飾りに工夫をこらしましてね。そりゃもう、千春嬢さんがごらんなすったら、さぞかしお喜びなさいますでしょう」

といったのを、お吉がしっかり東吾に取りついで、

「それじゃ、内儀《かみ》さんに声をかけるから、お吉も一緒に行くがいい」

内心でお吉が願った通りの結果となったものである。

永代橋の上は人の往来がいつもより多かった。流れが永代門前町の通りへ向っているのは、やはり灌仏会の参詣に出かけて来た人々とみえる。

「萌黄《もえぎ》の蚊帳あ」

という、ひどく長い売り声が通って行き、お吉が早速、口をすぼめた。

「まあ、この節の蚊帳売りは声が悪うございますね。昔は永代橋の上の売り声が、岸のむこうまで響き渡ったものでございますよ」

蚊帳売りの元祖は上方で、宝永年間に大坂の天満喜美大夫という、説経節で美声をうたわれたのが刃傷沙汰をおこして江戸へ逃げ、暮しのために呉服屋にやとわれて蚊帳売りの荷物持ちをしたところ、その売り声が評判になって、大いに売れたのがはじまりといわれている。

従って、萌黄の蚊帳あという一声を極めて長くひきのばし、半町も行くほど息が続くのが特徴とされていた。

その売り声は蚊帳の荷をかつぐ者の役目で、必ず一緒について行く手代のほうは無言と決っているらしい。

今も、お吉の悪口を背に通りすぎた蚊帳売りも、荷をかつぐ者と手代の一組であった。

参詣人の流れについて佐賀町から門前通りへ入って行くと、おそらくどこかにいた長助のところの若い衆が知らせたのだろう、永代寺のほうから長助が汗を拭きながら走って来た。

「お寺社から頼まれまして……」

境内に詰めていて、掏摸《すり》やかっぱらい、迷子の世話をしているという。

「どうもえらい人出でございまして、坊さんはほくほく顔ですが、こちとらは暑いの暑くないの、まるで山王さんの祭の頃の陽気でございますね」

たしかに晴天の今日、気温は鰻登りになって来た。

永代寺の境内には毎年、新しい花御堂が作られるのだが、その規模が年々大きくなっている。

御堂の中央には水盤がおかれ、そのまん中の台の上に誕生仏が安置されている。

行列している参詣人は順番が来ると用意されている手柄杓《てびしやく》で甘茶を尊像にかけて合掌して行く。

「あたしはいつも思うんですけど、いくらこの陽気だからって、仏さんに頭から甘茶をかけるなんて、もったいない。罰が当るんじゃありませんかね」

お吉が流石に低声《こごえ》で東吾にいい、千春を抱いた東吾が笑った。

「俺も子供の時、お吉と同じことを考えて兄上に訊いたんだがね。灌仏というのはお釈迦さんが誕生した際、空に九匹の龍が出現して、その口から清浄の水を吐いて、つまり、産湯をつかわせたという故事によるんだそうだ」

「そうしますと、甘茶は龍の産湯のかわりなんで……」

「本式だと香水、五色の水らしいがね」

「それじゃ、お釈迦様が右手で上を指していますのは、龍に命令かなんぞをしてなさいますので……」

「いや、あれは釈迦が生まれた時、天を指して、天上天下唯我独尊と唱えられたというのを……」

「まさか、生まれたばっかりの赤ちゃんが……第一、赤ちゃんが最初にあげるのはおぎゃあという産声で……」

「しかし、まあ、相手はお釈迦さんだからなあ」

「お釈迦様は産声をおあげなさいませんので……」

「まあ、そうだろうな」

「でしたら、お弱かったんでしょうね。よく、無事にお育ちになったもので……」

「なに……」

「お産婆さんが申しますよ、産声の弱い赤ちゃんは丈夫に育たないって。そこへ行きますと、うちの千春嬢様はまるで男のお子さんのような大きな産声でしたから……」

「いい加減にしなさい」

たまりかねて、るいが制した。

「本当に、馬鹿なことばっかり。皆さんが笑っていらっしゃるじゃありませんか」

赤くなって、るいが周囲を見廻し、そのあたりに並んでいた人々が安心したように笑い出した。

「いやいや、こちらさんのお話は坊さんより面白い。ところで、お釈迦さんってのはおいくつでお歿りなすったんですかね」

東吾の横にいた男がいい出し、その背後の老人が首をひねった。

「さて、今日がお生れなすった日、お歿りになったのは二月十五日とか聞いたことがあるが……」

長助がもったいらしく腕を組んでいった。

「けっこう長生きだったんじゃありませんかね。修行を終えて山から下りて来るまでにだって相当かかってるんでしょうし、それから大勢のお弟子さんを教えて、みんな一人前になすったんですから……」

わいわいがやがやと行列が進んで、東吾達の一行は花御堂でお詣りをすませた。

「きまりが悪くて生きた心地がしませんでした。お吉はところかまわずおかしなことをいい出すし、それを貴方がまじめに相手をなさるから……」

境内へ出て、やれやれという顔でるいが苦情をいった時、近くにいた長助に挨拶をして行く女があった。

つぶし島田に縞の着物で、別に自堕落に着ているわけではないが、どことなく崩れた感じがあるのが、なんとも色っぽい。

少し離れた所に、こちらは大店の主人といった身なりの男が待っていて、女は駒下駄を鳴らして、そっちへ小走りに走って行った。

「深川の分梅本《わけうめもと》の抱《かか》えで、本名はたしかおきよと申しましたか……ちょいと、わけありの芸者なんで……」

照れくさそうに長助がいった。

「むこうで待っていたのが、浅草の料理屋、三国屋の旦那の武右衛門さんで……」

お吉が性こりもなく口を出した。

「いい気なもんですね。昼間っから芸者連れでおまいりだなんて……」

るいが本堂へ向って歩き出したので、それに続きながら東吾が訊いた。

「わけありってのは、なんだ」

「へえ、それがその……」

長助がどこから話したものかと思案しかけた時、境内に一人の男が入って来た。

つかつかと立ち話をしているおきよに近づくと、いきなり胸倉を摑んで横っ面をひっぱたいた。

「なにをする」

と叫んだのは三国屋武右衛門で、男の肩を突いた。男が今度は武右衛門につかみかかり、おきよが男の腰に武者ぶりついた。

長助がそっちに走り出し、境内は俄かに騒然となった。

二

夜になって長助が「かわせみ」へやって来た。

「どうも、若先生に毎度、御厄介をおかけ申しまして……」

律義に頭を下げられて、東吾が苦笑した。

「いや、俺は何をしたわけじゃない。喧嘩をおさめたのは長助の宰領だ」

たまたま、るいは蔵前の町役人、野田徳兵衛が客を伴って来て、その応対に出ていて居間には東吾が一人、長助にとってはそのほうが話しやすいといった状況であった。

東吾がいったように、今日の昼、永代寺の境内での女一人、男二人の取っ組み合いは、長助が間へ割って入り、

「いい加減にしねえか。よりによってお釈迦さんのお生れなすった日に、ちったあ場所柄をわきまえろ」

とどなりつけ、その背後から東吾が顔を出すとまわりを取り巻いた野次馬の中から、

「神林様だ」

「八丁堀の若先生じゃねえか」

「長助親分の大親分だ」

などという声が上って、まずおきよをなぐった男がこそこそと逃げ出し、三国屋の旦那も、

「これはどうも、年甲斐もなく……」

長助に頭を下げ、面目なげに女をつれて退散した。で、長助は、

「ようよう長寿庵の大将、日本一」

野次馬におだてられて、しきりにぼんのくぼに手をやっていた。それを見届けて東吾も待っていた女房子、お吉と一緒にすばやく永代寺の境内を去ったものだったが。

「ですが、正直の所、若先生がいて下さったんで助かりました。なにしろ、三国屋の旦那ってのは素人のくせに力自慢でけっこう荒っぽい所がございますし、吉三郎てえ男も、なにをしでかすかわからねえような奴でして……」

「あいつ、吉三郎というのか」

「へえ、おきよの亭主でして……」

「なんだと……」

「人間、尾羽打枯らすと、女房を岡場所に売ったりすることになりまして……」

「あいつ、堅気の商人というふうじゃなかったな」

「清元のほうじゃ、師匠から吉子《よしこ》大夫ってえ名を貰ったそうで……」

長助のために茶碗に冷酒を入れて運んで来たお吉が素頓狂な声を上げた。

「吉子大夫なら知ってますよ。そりゃあいい声で、あの人の保名《やすな》なんぞ一遍聞いたら、他の大夫さんのは聞けたもんじゃないってくらいで……ですけど、この節、寄席にも出ていないみたいなんですよ」

長助がお吉に合点してみせた。

「どうも、師匠に破門されたって話で……」

東吾が訊いた。

「なにをやらかしたんだ」

「酒癖が悪くて始終、揉め事を起す奴のようでございます」

喧嘩早くて、すぐ仲間の芸人と口論になり相手をなぐったり蹴ったりする。深酒のせいで舞台に穴をあけたり、約束を平気で破ったりと、吉三郎の評判はえらく悪いらしい。

「贔屓筋が女房でも持たせれば落つくだろうと、浮名の立っていた柳橋の芸者を落籍《ひか》して所帯を持たせたのが、おきよでして……」

「それでも駄目ってことか」

「所帯を持って半年ほどで、吉三郎が血を吐きまして、命はとりとめたんですが、一年余りの長患いになったそうです」

「成程、それで女房が岡場所か」

永代寺でみかけた感じでは、けっこういい女だったな、と東吾がいい、長助が、

「男好きがするってんですか、よく売れるんで見世はほくほく顔だとか……」

といいかけた時、廊下に足音がしてるいが戻って来た。

「こりゃあどうも時分どきにお邪魔をしちまいまして……」

そそくさと茶碗を取り上げ、長助が台所へ逃げて行き、東吾はなんとなく女房の顔色

を窺ったのだが、るいはなにやら考え込んでいるらしく、長火鉢のむこうへすわると逃げ出しそこねていたお吉に、

「藤の間のお客様だけど、明日は五ツまでにお奉行所へお行きなさるそうだから、そのつもりで朝の御膳の支度をさせておくれ」

といった。お吉があたふたと部屋を出て行き、東吾が訊いた。

「藤の間の客というのは、訴訟かなんかで江戸へ出て来たのか」

町奉行所の扱う仕事の中で、公事《くじ》はかなりの分量を占めていた。

多くは土地や家屋を廻る争い事で、その他親子兄弟、或いは夫婦間の揉め事も持ち込まれた。もっとも、多くは奉行所へ来る以前に、間へ立つ者がいて当事者同士の話し合いで決着をつけるが、どうにもこじれて手に負えなくなると、やはりお上に訴えて黒白をつけてもらうことになる。

藤の間の泊り客が明日、奉行所へ出頭すると聞いて東吾は、おそらく公事方の裁判だろうと考えたのだったが、普通、公事の判決は長びくもので、そのために当事者は長期にわたって滞在するに便利な公事宿を利用する。だから、これまであまり「かわせみ」の宿泊人にそういった例は多くなかった。

「他ならぬ野田様の御紹介なので、お宿をしたのですけれど、お話をうかがってみたら、今日、永代寺でおみかけした浅草の三国屋さんのお内儀さんなんですよ」

奇遇といえば奇遇だが、とるいが少しばかり憂鬱そうにいう。

東吾もちょっと驚いた。

なにしろ、今、長助がべらべら喋って行った話の中の人物にかかわりのあるのが三国屋武右衛門なのである。

「三国屋の旦那といやあ、おきよって女と一緒に参詣に来た奴だろう」

要するにおきよの客の一人に違いない。

「三国屋の女房が、なにをお上に訴え出たんだ」

るいが長火鉢の鉄瓶を取って、夫婦二人の茶をいれた。

「おふささんとおっしゃいましてね。御実家は川崎の庄屋さんだそうで、今度の公事には弟の仙太郎さんがついて来てなさるんですけど、つまり、離縁となった上は嫁入りの時の持参金だけでも返してもらいたいってことらしいんです」

「三国屋は夫婦別れしたのか」

湯呑茶碗を手にして、東吾が苦笑した。

「どうも、今夜の内儀さんの話には驚かされっぱなしだな」

「私だって野田様のお話をうかがってびっくりしましたもの」

蔵前の町役人、野田徳兵衛は畝源三郎の妻お千絵の実家が札差なので、親の代からつき合いがある。従って、畝夫婦とは昵懇の間柄であるし、その縁で東吾とるいも面識があった。

「三国屋さん御夫婦は野田様が仲人をつとめられているのですって」

「昨日今日、夫婦になったわけじゃないだろう」

三国屋武右衛門はみたところ四十なかばにはなっているようであった。

「御祝言をなすって、今年で十八年目だとか。お子も二人いらっしゃるようですよ」

障子のむこうに嘉助の声がした。

「ごめん下さいまし。三国屋さんのお内儀さんの弟さんが、若先生に少々、聞いて頂きたいことがあるとおっしゃるんですが、何分にも、もう遅いので、お断りを申しましょうか」

るいが東吾の顔を眺め、東吾は迷いながら、やっぱり断らなかった。

「俺ならいいよ。こっちへ呼んでくれ」

「承知しました」

嘉助が戻って行き、るいが立ち上った。

「私、御遠慮申します。千春が目をさますといけませんから、離れに行って居ります」

部屋を出て行きながら、小さく呟いた。

「本当にうちの旦那様はお節介がお好きだから……」

くすっと笑って廊下を去った。

「なにをいってやがる。こっちはかわせみの大事な客だと思うから、親切に話をきいてやろうと考えたんだ」

東吾が一人言をいった時、嘉助が客を案内して来た。

「手前はおふさの弟で仙太郎と申します。夜分に無理を申しまして、どうぞ御勘弁下さいまし」

敷居ぎわにすわって頭を床にすりつけたのは三十二、三の、如何にも質朴そうな男であった。陽に焼けた顔が緊張の余りか青ざめてみえる。

「固くなることはない。まあ、こっちへ入って、俺でよけりゃあ話を聞こう」

東吾にさしまねかれて、仙太郎は漸く居間へ入った。足許が慄えて、ぎくしゃくしている。

「あんたの姉さんは三国屋を離縁になったそうだが、いったい、どういう落度があったんだ」

相手が口を切りにくいと知って、東吾はざっくばらんに聞いた。

「うちの内儀さんの話だと、三国屋へ嫁入りして十八年だそうだが、そんな年齢でよもや間男でもあるまいが……」

仙太郎が膝の上で両手を握りしめた。

「姉さんに落度はねえです」

「落度のない者が、どうして三下り半を渡された」

「姉さんは、旦那の浮気に腹を立てて、腹いせに実家へ帰って来たんです。子供もあることだし、旦那も目がさめるだろうと……」

「成程」

「三国屋は姉さんで保《も》っているといわれるくらい、なにもかも姉さんが采配を振って繁昌している店なんで……だから、姉さんは旦那が自分を離縁する筈はねえと考えていたんですが……」

亭主が前非を悔いて女房を迎えに来るどころか、代理人が三下り半を届けて来た。

おふさは驚き慌て、仲人の野田徳兵衛に泣き込んで仲裁をしてもらったが、武右衛門のほうは、自分から出て行った女房に用はないの一点ばりで、毛頭、復縁する気持はない。

おふさの実家も仰天したが今更、どうしようもない。

「親父様が、離縁ならそれも致し方ないが、男のほうの勝手で別れるのであれば、姉さんの嫁入り道具一切、それに嫁入りの時の持参金は返すのが御定法だからと仲人さんにかけ合ってもらったところ、嫁入り道具は姉さんが家出した際、腹が立って売り払ったから何もない。第一、夫婦別れのそもそもは姉さんが自分から婚家を出て行ったので、罪はそっちにある。女房に落度があって離縁になったのだから、持参金の百両は返す理由がないということでございまして……」

仲人がせめて半金だけでも返してはと口をきいたのに、三国屋武右衛門は遂に承知せず、とうとう訴訟になってしまったと仙太郎は泣きそうな顔をした。

「そいつは、ちっと厄介だな」

いささか勝手の違う話なので、東吾も腕を組んだ。

夫婦別れの際、夫のほうから離縁をいい渡す場合は、妻が持って来た家財道具、嫁入り支度の一切はもとより、持参金があればそれも勿論、嫁側に返却するのが決まりになっている。逆に妻から申し出て夫が納得し別れることになった場合は、嫁入りの際、持って来た一切を返さずともよいというのも常識であった。

例外としては妻が不貞を働いた場合、表沙汰になれば間男と共に処刑されるし、内済にしてもらったとしても、身一つで婚家を追い出されても苦情もいえない。

おふさの場合、不貞があったのではないが夫の浮気に立腹して勝手に実家へ帰ったことが、妻として分をわきまえぬと裁定される怖れはあった。

男の女遊びは度を越さない限り甲斐性と、むしろ持ち上げられたし、妾を持つのも格別、非難されることはない。かえってそれを本妻が焼餅を焼くと、悋気《りんき》は女の慎しむところなぞとたしなめられた。

女にしてみれば甚だ不条理だが、なにしろ上に立つ公方様からして何人、何十人の側室を持って当然としているから、この時代、男の女遊びは当人に働きがある限り、特に咎められることはなかった。

「たしかに、あんたの姉さんが亭主の許しも得ないで実家へ帰ったのは落度といえないこともないが、元はといえば、商売を女房まかせにして、外で勝手をしている亭主に非があるんだ。そこのところを、お上がどう判断するのか。俺にも見当がつかないよ」

おそらく三国屋武右衛門は、女房が亭主の浮気を焼いたり怨んだりして泣くの拗《す》ねるのというならまだしも、あてつけがましく実家へ帰り、私がいなければ三国屋の店はやって行けますすまいと居直ったようなところが癇《かん》に障って、出て行きたくば出て行け、と突っぱねたのだろうと東吾には推量出来る。

大体、女のさし出たのと突っ張ったのほど可愛くないものはないと、東吾ですら内心に思うのだから、吟味に廻る役人もまた男なので、お白州でのおふさの態度によっては反感を持ちかねない。

「姉さんによくいっておくがよい。口惜しいのはよくわかるが、お役人の前へ出たら、あくまでも神妙に、しおらしくしているほうが同情してもらえる。間違っても去り状よこした亭主を罵倒なんぞするな。俺が忠告出来るのは、そんなことぐらいだよ」

東吾の言葉に仙太郎は何度も頭を下げて居間を出て行った。

入れかわりに嘉助が来た。

「どうも、とんだお取り次ぎを致しまして」

夜更けまで申しわけなかったと我がことのように頭を下げる。

「あいつの姉さん、おふさという女はどんな感じなんだ」

役人にいい印象を与えられそうかといった東吾に、嘉助が含蓄のある返事をした。

「器量は悪くはございませんし、長年、料理屋のお内儀さんをしてなさいましたんで、それなりの愛敬はありますが、どちらかというとしっかり者で気は強いようでございます」

だからこそ、亭主へみせしめのため実家へ帰るなどということをやってのけたので、その結果、離縁になったのを怨んでいるといった。

「仲人の野田様にも厄介をかけてすまないという気持よりも、ただもう自分は悪くない、悪いのは御亭主だと主張なさる一方でして、野田様も弟さんも、もて余してお出でございました」

「そういうふうだと、役人の心証も悪くしかねないな」

「それが御自分に不利になると気がついて下さるとようございますが……」

「全くだ」

手を叩いてお吉を呼び、火の始末を頼んで東吾は離れへ向って廊下を歩いて行った。

三

中二日おいて、東吾が講武所の稽古を終えて日本橋川沿いに八丁堀の近くまで帰って来ると、中之橋を渡ってこっちへ来る長助の姿が目に入った。

女連れである。

東吾が足を止めて待っていると、すぐに長助のほうも気がつき、つれの女をうながして急ぎ足に近づいて来た。

双方の距離が近くなって、はじめて東吾は長助と一緒の女がおきよであることに気がついた。髪は櫛巻きにして、目立たない地味な服装《なり》をしている。

「そこの箔屋町の裏店に吉三郎が住んでいますんで、分梅本の亭主から頼まれておきよさんを連れて行ったんですが……」

ちょっと顔をしかめるようにした。

「相変らず面倒見がいいんだな。大方、分梅本じゃあ吉三郎に三下り半を書かせたいんだろう」

東吾の推量が当ったらしく、長助の背後のおきよが目を丸くした。

「どうしておわかりになったんで……」

と長助も訊く。東吾は長助の癖を真似て、ぼんのくぼへ手をやった。

「そりゃあわかるさ。長助親分の話だと、おきよはけっこう売れ筋で、とりわけ熱を上げているのが三国屋の旦那ってことだろう。女房を岡場所へ売ったくせに、なにかというと深川へやって来る吉三郎は分梅本にとっちゃあ迷惑至極だ。この際、吉三郎と夫婦の縁を切っておいたほうが見世のためにも、おきよのためにも都合がいいってことじゃないのか」

「おっしゃる通りで……まあ、亭主の病気のせいで暮しに困って身売りをしたんですから不貞もへったくれもありゃあしません。それだのに元気になった亭主がやって来て、客にまで乱暴を働くようじゃ見世のほうでも放っておくわけにも行きません。吉三郎に金を工面して女房を請出す気があるのか、そのあたりを夫婦でじっくり話し合わせてえと分梅本が考えまして、まあ見世の者がついて行ったんじゃあ、なかなか本音で話も出来まいと、いやな役廻りですが押しつけられましてね」

深川界隈を縄張りにしている長助にしてみれば、浮世の義理といった恰好であった。

「吉三郎はなんといってるんだ」

行く方角が同じなので、ぶらぶら歩きながら東吾が訊く。

「話にもなりません。昼間っからべろんべろんに酔っていやがって……」

「あの人は馬鹿です」

呟くようにおきよがいった。

「酒で死にかけたのに、その酒がやめられないなんて……」

「あんたは、吉三郎に未練はないのか」

「あたしはありません。あの人と夫婦になってから、いいことなんか一つもなかった」

「夫婦になる前はどうだったんだ。好いて好かれて一緒になったんじゃないのか」

「柳橋の頃はお客でしたからね。芸人で、御贔屓さんもついていて、それなりに悪かなかったんです」

肩をすくめるようにして笑い出した。

「でも、あの頃、あたしは十六でしたからね」

「男の鑑定は無理だったってことか」

返事をしないで駒下駄の先で小石を蹴とばしたおきよに長助がいった。

「吉三郎がもし金を都合して請出す気があるといったら、お前はどうする」

「出来っこありませんよ。とっくに御贔屓さんから見捨てられちまってるんだ。いくら声自慢でも師匠には破門されてどうやって稼ぐんですか」

「誰か、師匠に口をきいてくれる仲間の芸人はいないのかね」

「いるもんですか。みんないい気味だと舌を出してます」

長助が沈黙し、東吾が替った。

「三国屋が女房を離縁したのを知っているか」

「持参金を返す返さないで、お上の御厄介になってるそうですね。深川じゃみんな知ってることですよ」

言っときますけどね、と東吾に向き直った。

「あたしのせいじゃありませんよ。三国屋の旦那はあたしを女房にするなんて一度もいってやしない。家を一軒持たせてやるとは聞いてますけどねえ」

首をすくめた恰好は、客のいうことなぞ当にしていないという意味らしい。

永代橋がみえて来て、東吾は深川へ帰る長助と別れて「かわせみ」へ戻った。

出迎えた嘉助に、

「三国屋の女房は、まだ居るのか」

と訊くと、

「先程、野田様と一緒に奉行所から戻って来まして……」

という。

「公事はまだ終らないのか」

「野田様のおっしゃるには、どちらもまるで折合わないので、お上もお困りの様子だとか」

「お帰り遊ばせ」

奥から千春を伴ってるいが出て来た。

東吾の手から大刀を受け取って袖に抱きながらいった。

「今しがたまで、野田様がいらっしゃいましたの」

「大方、愚痴を聞かされたんだろう」

千春を抱き上げて、奥へ入った。

「野田様のお話ですと、あちらのお内儀さんは、持参金を返してもらわない限り離縁は承知出来ないと強くお役人に申し上げたとか」

「旦那のほうはどうなんだ」

「そういうことをいい出すのは、持参金を口実に元の鞘へおさまる気かも知れないが、自分にその気は毛頭ない。店のほうは上の娘が立派にお内儀の役目を果してくれているし、下の娘も手伝っている。お前の戻って来る場所はないと随分、きびしい口ぶりだったそうですよ」

「ということは、二人の娘は父親についたんだな」

「野田様がおっしゃいました。お二人とも、大変なお父さん子なのですって」

母親が商売にかまけて面倒をみなかった分、父親が娘を甘やかし、やれ芝居見物だ、遊山だと連れ歩いていたらしい、と、るいはいいつけた。

「なんだか、お内儀さんがお気の毒なような感じですけれど……」

そうはいっても、所詮、他人の家の事情であった。赤の他人が気を揉んだところで、どうしようもない。

三国屋夫婦の訴訟はなんとなく長引いている感じであった。

係の役人は双方の事情を訊き、その上で町役人や場合によっては親類縁者まで呼んで訊問する。到底、一回では終らないし、毎日、同じ訴訟を取り上げるわけではないから、どうしても間があいてしまう。当事者は町奉行所の呼び出しが来るまでじっと待っているので、江戸に住んでいる三国屋武右衛門のほうはまだしも、川崎から出て来て姉につき添っている仙太郎のほうは日がな一日、手持不沙汰であった。

で、毎日のように大川を眺めていて思いついたらしい。嘉助の所へやって来て、この近くで釣りが出来るかと訊いた。

本来、釣りはそれを生業とする者以外は禁止されていた。つまり、殺生であり、五代将軍綱吉の「生類憐みの令」などのせいである。

けれども、五代将軍の頃はともかく、大名にも釣り好きは多いし、十二代将軍家慶なぞは瓦版の種にされるほどの釣り道楽であった。

実際、武士も町人もそれほど大金を投じなくとも出来る遊びの一つとして釣りは大いにもてはやされた。

釣り道具なぞに凝り出せばきりがないが、身分相応に楽しめるのも釣り好きが増える理由になった。

まして大川沿いは釣り場が多い。

大川端町の「かわせみ」の近辺には投網《とあみ》で獲る白魚で有名な佃島があるし、海に近いから鯊《はぜ》なぞの海水魚も針にかかって来る。上流へ行けば鮒やタナゴの釣り場が続々とあった。

嘉助も若い時分は、けっこう釣りに凝ったことがあるので、問われるままにいろいろと仙太郎に教えてやった。

最初は釣り堀なぞへ出かけていた仙太郎だったが、川崎でもけっこう釣りをやっていたとかで、やがて両国橋の橋詰にある何軒かの釣り道具屋へ出かけて気に入った釣り道具を買い求めて来ると、舟を頼んで毎日のように出かけて行く。

不漁の時もあるが、けっこう大漁の日もあって、「かわせみ」の台所へ持ち込んでは、刺身や、天麩羅にしたりしてもらって自分も食べるが、「かわせみ」の奉公人にもふるまったりして喜んでいる。

姉のおふさは江戸に馴れているので、町奉行所に出頭しない日はもっぱら寺や神社へ参詣して、訴訟に勝てるようにと祈願しているらしい。

で、仙太郎の釣り道楽は最初の中、姉の目に届かなかったのだが、或る日、ばったり釣り竿を手に戻って来た所をみつかって大騒動になった。

弟のくせに、少しも親身になって姉の身の上について心配をしていないと、おふさが怒り出し、大枚の金を使って上等の釣り竿を買ったことだの、一日中遊び暮しているのを責め立てる。

そうなると、仙太郎のほうも黙っていられなくなって、

「誰のために、こうやって何日も無駄に日を送っているんですか。釣りぐらいやったからとて、姉さんにがみがみいわれる筋はない」

と開き直る。

とりあえず嘉助が仲裁に入って納めたものの、仙太郎はぷいと出かけてしまって、その夜は帰って来なかった。

翌日、流石に決りの悪い顔で暖簾をくぐったが、藤の間では待ちかまえていたおふさと派手な口喧嘩になったようで、声が帳場にまで聞えて来る。

「どうもいけません。釣りの案内なぞするものではございませんでした」

嘉助が首をすくめて、るいにあやまった。

騒動の顚末は東吾の耳にも入って、るいから、

「どうぞ、うちのお客様のことは、お気になさらないで下さいまし」

といわれたものの、亭主としてはそうも行かない。

八丁堀の道場の稽古が終っての帰りに、東吾は畝源三郎の屋敷へ寄ってみた。

八丁堀の道場はもともと組屋敷に住む子弟の武術の稽古場で剣術、柔術、十手術などを数人の腕達者が適宜に指導している。

各々の稽古日は決まっているので、東吾は軍艦操練所や講武所のほうが終ってから道場へやって来て稽古をつけるのだが、最後の弟子が帰る頃には早くても暮六ツを過ぎる。

今日も大方六ツ半かという時刻になっていたので、何事もなければ畝源三郎も屋敷に帰っていると考えてのことだったが、思った通り、

「今、戻ったところですよ。まあ上って下さい」

源三郎自らが玄関へ出て来た。

「女房は蔵前の店のほうに用事があって二人の子を連れて出かけているのですが、もう帰って来るでしょう。ゆっくりして下さい」

下婢を呼んで酒の支度をさせようとするのを東吾は制した。

「そうもしていられないんだ。実をいうと奥方抜きのほうが話がしやすい」

「つまり、ろくな相談ではないということですな」

「女が聞くと誤解しやすいんだ。なにしろ、夫婦別れがこじれて公事になった件だからな」

それで源三郎はわかったらしい。

「三国屋の一件ですか」

「知っているのか」

「女房のほうが、かわせみに厄介になっているそうで、お千絵が気にしていましたよ」

野田徳兵衛の紹介で宿をしたことであった。

もともと、徳兵衛をるいにひき合せたのはお千絵である。

「別に迷惑ということでもない。かわせみにとっちゃあ長滞在のいい客なんだが、公事があんまり長引くと気の毒だと嘉助やお吉が心配しているのでね」

源三郎がうなずいた。

「あれは係をつとめて居られる者のやり方次第でしてね。お調べが長くかかったようですが、もう片がつくらしいですよ」

「どう片がつく」

「まだ、ここだけの話にしておいて下さい。三国屋の内儀は持参金を返さない中は離縁に応じないと申し立てたとかで、それを聞いた武右衛門が、これ以上、お上をわずらわせるのは本意ではないと、持参金を返す旨、申し出たそうです」

形の上では、おふさのほうが勝訴となる。

「俺がみた所、あの内儀さんの本音は、別れたくねえ、元の鞘に納まりてえってんだと思うよ」

「嫁に来て二十年近くも経っているらしいですからね」

亭主の浮気にかっとして実家へ帰ったものの、本気で別れるつもりはなかったに違いないと源三郎もいう。

「外に女が出来たのは面白くないでしょうが、年頃の娘が二人もいるのです。少々、辛抱していれば、浅草一番の料理屋の内儀でいられるわけですから……」

いってしまってから源三郎が首をすくめた。

「成程、こういう話は女房の前ではまずいですな」

「俺も源さんと同じように考えるが、女の理屈からいえば冗談じゃねえってことだろう」

「短気は損気と、孔子様も教えているんですがね」

「孔子さんが、そんなこというか」

「ならぬ堪忍、するが堪忍。嫁になったら、なにがあろうとのの字を書いて辛抱しろっていうのは女大学でしたか」

「女房が留守だと思って、源さんもよくいうよ」

あたりを見廻して大笑いしてから、源三郎が少しばかり真面目な顔になって告げた。

「三国屋の亭主のほうは覆水を盆に返す気は全くないようですな。この頃は深川通いもせず、帳場にすわって二人の娘と商売熱心にやっているそうですよ。客が娘を賞めると相好を崩して喜んでいると、野田徳兵衛が話していましたから……」

おふさが、持参金を返さなければ離縁に応じないといい出したのがまずかったと源三郎はいった。

「亭主にすれば、渡りに舟でしょう。お裁きにしても、これで一件落着となりますから」

「正直の所、女がかわいそうな気になるがなあ」

門の外に駕籠が止ったらしい。源太郎の声が聞えて、東吾は立ち上った。

畝源三郎がいった通り、二日後、三国屋夫婦は町奉行所へ呼び出され、そこで役人から申し渡された。

三国屋武右衛門は女房に嫁入りの際の持参金百両を返却し、女房おふさを離縁すること、また、女房おふさはこれによって三国屋との縁は切れたのであるから、今後、三国屋へ出入りすることは一切、無用と心得よ、といった役人の言葉に武右衛門は丁寧に頭を下げたが、おふさのほうは茫然自失の態であった。

武右衛門があらかじめ用意して来た百両を立会人の野田徳兵衛に渡し、徳兵衛がそれをおふさの付添人である仙太郎に廻して、受取状に爪印を押させた。

町奉行所を出て、武右衛門は元女房をふりむきもせず、さっさと浅草へ帰ったが、おふさのほうは表情を失った顔で、足取りもおぼつかなかったらしい。

「かわせみ」へ仙太郎が戻って来たのは夕方で、

「なにしろ、昼飯も食って居りませんでしたから、途中で蕎麦屋へ寄りまして、姉さんもだんだんにあきらめた様子で明日は川崎へ帰ると申します。ついては少々、買い物をして行きたいと江戸橋のところで別れました。手前はなにしろ懐中に大枚の金を持って居りますので掏摸にでもあってはと、まっしぐらにこちら様へ帰って参りました」

と報告した。

心配していた嘉助やお吉にしても、おふさの気持はともかく、形の上では勝訴なので、

「無事に話がついてようございました。川崎へお戻りになれば、親御さんもいらっしゃることで、まあ、よい日も来るに違いございませんよ」

祝いの言葉が慰め半分になってしまった。

仙太郎は嘉助に明日の出立の時刻などを打ち合せて藤の間へ入り、お吉は早速、るいの許へ子細をいいつけに行った。

そこへいつもより軍艦操練所を退出するのが遅くなった東吾が帰って来る。

あらかじめ、畝源三郎から知らされていたことなので、公事の結果に驚きはしなかったが、おそらく川崎への土産物でも買いに行ったに違いないおふさの心中が哀れに思えた。

長助の所の若い者が「かわせみ」に知らせに来たのは、東吾とるいが千春をまん中にして晩飾の膳についていた時で、

「まあ、えらいことになりました。おふささんが深川の分梅本へ行って、おきよって人を出刃庖丁で刺して逃げちまったそうで、長助親分が深川中を探し廻っているんだとか……」

もし、ここまで逃げて来たらどうしましょうとお吉が青くなっていいに来た。

東吾が台所へ出て行って、使に来た男に、

「おきよはどうなんだ。助かる見込はないのか」

と訊くと、

「うちの親分がかけつけて行った時に、医者も来ていましたが、体中、滅多突きにされていまして、とっくに息がねえってことで……」

その姿を思い出したのか、気味悪そうな表情になった。

なんにしても、おふさが捕えられるまでは「かわせみ」を動かないほうがいいと、嘉助にも声をかけ、東吾も家の周囲を見廻ったりしていたのだが、一刻ばかり後に再び、知らせが来た。

おふさは、深川の仙台堀に架る亀久橋の袂から身を投げるのを遠くからみていた木場の連中がかけつけてひき上げたものの、すでに溺死していたという。

使が仙太郎を伴って行き、「かわせみ」の人々は暗澹とした。

「まあ、深川中が総出で提灯をつけて町中を走り廻ったそうですから、おふささんも逃げ切れないと思ったんでしょうねえ」

お吉が呟いたが、誰も相手にならない。

夜が更けて、長助が自分でやって来た。

おふさの遺体は番屋で取調べをすませ、泰耀寺という小さな寺に運ばれて今夜中に茶毘に付すことになったので、仙太郎もそちらで夜を明かす、「かわせみ」には改めて明日、挨拶に来るとの伝言であった。

「分梅本の連中もうっかりしたというんですが、おふささんは三国屋の旦那から頼まれて届け物を持って来たといったようでして、てっきり三国屋の女中頭かなんぞとかん違いをしておきよを呼んだところ、外へ出て行ったおきよの様子がおかしい。女中をみに行かせたら、血まみれで倒れていたてんですから、どうも間の抜けた話で……」

路地をとび出して逃げて行くおふさを、表通りの商店の人々はなにがなんだかわからないまま見送っている。

「日暮れ時でございまして、けっこう人通りもあり、その連中があっちへ行ったの、こっちへ逃げたのといいまして……」

一時、深川中は蜂の巣を突ついたような騒ぎだったらしい。

「三国屋のほうには知らせたのか」

と訊いた東吾に、長助が憮然とした。

「使をやりましたが、もう縁が切れている女なので、かかわり合いはなしにしてくれろという挨拶だったそうでございます」

なんにしても人殺しをした罪人なので、ひっそりと骨にして、川崎へ持って行くようにと長助がいったように、翌日、小さな骨壺を包にして「かわせみ」へ帰って来た仙太郎は、そのまま旅支度をして早々に発って行った。

「おかしいじゃありませんか。悪いのは浮気をした旦那で、殺すならそっちのほうなのに……。おきよって人もいい災難だと思いますよ」

お吉はしきりに口をとがらせたが、るいは女の気持とはそういうものではないかと思っていた。

江戸のいい家へ嫁ぎ、二人の娘にも恵まれて、幸せなお内儀さんで一生が過せたものを、岡場所の女のせいで、すべてを失う破目になった。

絶望のどん底に叩き落された時、女の怨みは女に向けられるのかも知れないと思う。

人の幸せと不幸せはいつも背中合せにあるようなものなのかと、るいは内心、ひどく寂しい気持になった。

その月の終り、少々の買い物があってるいはお吉を供に本町通りまで出かけた。

いい声で蚊帳売りがやって来るのをみかけて足を止めると、同じようにそっちを眺めたお吉がささやいた。

「まあ驚いた。あの人が蚊帳売りになるなんて……」

吉三郎でございますよ、ほらおきよって人の御亭主だった……と教えられて思わず目を見張った。

吉三郎という男をるいは永代寺でみかけただけで顔もよくおぼえてはいないが、清元の吉子大夫だった頃からの彼を知っているお吉のいうことだから間違いはなかろうと思う。

なによりも美声であった。

「萌黄の蚊帳あ」

と長く、長く語尾を独特の節廻しでひっぱる売り声は、その姿が本町通りからみえなくなっても、まだ澄んだ響きで聞えて来る。

道端の柳は新緑の葉が風にそよいでいた。

その枝をかすめて燕がついと飛ぶ。

呉服屋の店先にずらりと並んで客を待つ手代達が居ねむりでもしそうな午下りであった。

三日月紋《みかづきもん》の印籠《いんろう》

一

店の前で呼び止めた朝顔の苗売りから、やがて咲く筈の花の色を一つ一つ確かめながら三本、四本と嘉助がえらんでいるのを、千春の手をひいて眺めていたるいは、豊海橋のほうから急ぎ足にやって来るお千絵に気がついた。

八丁堀の組屋敷に住む畝源三郎の妻で、実家は蔵前の札差である。どちらかというとおっとりとした性格で、万事に慌てず騒がずのゆったりした人柄だから、余程のことがない限り駈け出したりはしない。加えて、二人の子の母親になってから、一層、貫禄がついた。

「源さんの内儀さんの肝っ玉には驚くぜ。空はまっ暗、雷はごろごろ、今にも一雨来ようって最中に道のまん中で悠々と挨拶されちまってさ。おたがい、傘は持ってやしねえ。

ざあっと来たらどうする気だと、こっちはいい加減、冷や汗をかいちまったよ」

などと東吾がぼやき、

「でも、お濡れになっていませんが……」

「兄上の屋敷へとび込んだんだ。あっという間にどしゃ降りで、おかげで義姉上《あね》の話し相手、麻太郎の遊び相手で日が暮れちまった」

なぞという話にはこと欠かない。

その、のんびり屋のお千絵が額ぎわに汗を滲ませながら近づいて来たので、るいは自分からそっちへ走り寄った。

「どうなさいましたの。お千絵様……」

「空《あ》いたお部屋ございますか」

「ええっ」

「お宿をお願いしたい方がありますの」

るいは、つい笑った。

「ございますけど……」

「一部屋でよろしいんです」

「はい、大丈夫……」

「まあ、よかった」

胸をなで下すようにして、改めて時候の挨拶をした。そういう所は娘の頃とちっとも変っていないと、るいは姉のような気分でみつめていた。

「とにかく、お入りなさいませ」

「でも、お客様は宅で待っていらっしゃいますの」

「でしたら、嘉助をお迎えにやりますから……」

「ああ、そうして頂けると助かります」

まだ息を切らしながら、「かわせみ」の暖簾をくぐる。

「お旗本の榊原様の御用人にお頼まれしましたの。お宿を願うのは、お妙様とおっしゃる方とお子の徳太郎様。お三人とも、私共の屋敷でお待ちになっていらっしゃいます」

嘉助が素早く下駄を草履に履き替えた。

「では、御案内して参ります」

「厄介をかけてすみません」

「なんの、とんでもないことでございます」

嘉助が出て行くのをみて、漸く安心したようなお千絵に、るいはいった。

「お客様、藤の間でよろしいかしら」

「藤棚のみえるお部屋でしょう。きっと、お喜びになりますよ」

「でも、花はもう終ってしまいました」

江戸はすでに夏である。

「あら、そうでした。でも、あちらはいいお部屋だから……」

るいは突立って笑いを嚙み殺しているお吉にいった。

「藤の間をすぐお支度して……」

「承知致しました」

お吉がなんとなく袂で口を押える恰好をし、客部屋へ続く廊下をかけて行く。

るいのほうは千春をつれて、お千絵を居間へ導いた。

「榊原様は、うちの蔵前の店とおつき合いがございますの」

るいが出した客用の麻の座布団にすわりながら、お千絵が話し出した。

札差という職業は、旗本や御家人など幕府から禄米を頂いている者が、米を金に替える仲介をするのが本業であった。

お千絵が、うちの店とおつき合いがあるといったのは、そのことで、榊原家は長年、お千絵の実家に禄米を委託しているらしい。

「家禄は千五百石で、御当主はずっと勘定所にお勤めでしたから、御内証は裕福でいらっしゃいます」

るいが勧めた茶をおいしそうに飲んだ。

「御用人は大森平大夫様、とても気さくでお話の面白いお方です」

「私どもにお泊りになる方は、御用人のお身内の方ですか」

大川端町の「かわせみ」と八丁堀はそう遠くはない。出来ることなら、客が到着する前に大ざっぱでも客の身分や事情を聞いておきたいと考えて、るいは少々、あせった。

「かわせみ」へ来た時の慌しさを忘れたように、お千絵はいつものお千絵に戻っている。

「御用人のお身内ではなくて……殿様にかかわり合いのあるお方らしいのですよ」

「御親類とか……」

千五百石の旗本の親類を泊めるのかと、るいは緊張したが、

「御親類ではないみたい。お妙様とおっしゃる方は八王子のお医者の娘さんとのことですから……」

「お医者様の……」

やれやれと、るいは肩の力を抜いた。

「江戸へは、どのような御用で……」

「それも、まだ、うかがって居りませんの。なんですか、御用人がひどく急いでいらっしゃって……」

改めて蔵前の店の番頭にでも訊いて、話に来るといった。

やがて、嘉助が客を伴って来た。

「御用人様は用事がおありとのことで、お屋敷へお戻りになりました」

ということで、客は母子二人。

「何分、よろしゅうお願い申します」

と挨拶した母親は三十をいくつか越えている様子で、如何にも温和な感じがする。連れている少年は、

「徳太郎と申します。十三歳にあいなります」

母親にうながされて、はきはきと挨拶をした。面ざしは母親似だが、気性はなかなかしっかりしているように見える。

るいが藤の間に案内し、お吉が茶菓を運ぶと、母子は縁側へ出て大川のほうを珍しそうに眺めている。

そうした客の様子を聞いて、お千絵は八丁堀へ帰った。

入れかわりのように、軍艦操練所から神林東吾が帰って来る。

「源さんの内儀さんが客を紹介したって。八王子から来たそうじゃないか」

帳場で嘉助から宿帳をみせられたという。

「なんで江戸へ出て来たのか、榊原家とどういうつながりがあるのか、なんにも聞いてねえってのも、源さんの奥方らしいなあ」

年下の亭主の憎まれ口を、るいはそっと制した。

「感じのいいお客様なのですよ。本当なら、うちのような宿へお泊りなさる御身分ではないのかも知れません」

「将軍様の御落胤か」

「まさか」

「まあ、その中《うち》、源さんが何かいってくるだろう」

お吉が湯舟の支度が出来たと伝えに来て、東吾は笑いながら出て行ったのだが、一汗流していると、裏庭のあたりで千春の笑い声が聞えた。何を喜んでいるのか、きゃっきゃっと賑やかである。

で、湯気抜きの小窓から格子越しにのぞいてみると、一人の少年が竹とんぼを器用にとばし、それを千春が追いかけている。

少年はこちらからだと後向きなので、顔はみえないが、絣《かすり》の単衣に小倉の袴をつけている。

畝源三郎の女房、お千絵が紹介した客の、悴かと東吾は思った。

十三という年齢にしては小柄なほうだろうが、千春に何かいっている声が明るく、如何にも楽しげであった。

湯から上って、浴衣姿でくつろいでいると、千春が入って来た。手に竹とんぼを持っている。

「これ、頂きました」

と、まず母親に告げた。

「どなたから……」

「藤の間のお客様……」

お膳を運んで来たお吉が千春を助けた。

「徳太郎様とおっしゃる坊っちゃまですよ。お嬢さんに竹とんぼのとばし方を教えて下さって、とばせるようになったものですから、それを下さったんです」

千春が竹とんぼをとばした。まだ、ぎこちないが、それなりに廻る。

「お上手、お上手……」

お吉がはやし立て、東吾は自分の前へ落ちて来た竹とんぼを拾い上げた。

「これは、よく出来ているな」

子供の手作りには違いないが、丁寧に竹をけずっている。

「こんないいものを頂いて、ちゃんとお礼を申し上げましたか」

るいにいわれて、千春は大きくうなずいた。

「お父様も、竹とんぼをお作りになれるのでしょう」

竹とんぼを眺めている東吾に訊いた。

「昔はよく作ったよ」

また作ってみようと、いった。

「麻太郎や源太郎に作り方を教えてやろう」

「千春にも教えて下さい」

「いいとも」

親子さしむかいでの晩餉が終ったところへ源三郎が来た。

「八王子からの客は、どんな具合ですか」

茶を運んできたお吉に聞く。

「今しがた御膳がおすみになって、坊っちゃまのほうがお湯をお召しですが……」

お吉の返事にうなずいてから、るいに会釈した。

「少々、わけありの客ですが、何分、よろしくお願いします」

「榊原家の御落胤か」

すかさず東吾がいい、源三郎が笑った。

「まあ、そうです」

「すると、お家騒動か」

「違いますが……話は少々、厄介なのです」

晩餉はまだらしいと承知して、お吉が板前に作らせた巻き鮨を、嬉しそうにつまみながら、源三郎が話し出した。

「榊原家の御当主は主馬殿と申されて、勘定方組頭の中でもいたって羽ぶりがよいのですが、過日、卒中で倒れましてね」

「そんな年齢なのか」

「五十になったばかりです」

今のところ、命はとりとめた様子だが、言語障害がひどく殆《ほとん》ど喋ることが出来ない。

「奥方との間に嫡男、右之助どのが居られるので、とりいそぎ、跡目相続を願い出たのですが、榊原家というのは三河以来の譜代で、なかなかの名家でして、とかく、名家には厄介なしきたりがあるようです」

先祖が三代家光公から頂戴した三日月紋の印籠というのがあると、源三郎は苦笑まじりに説明した。

「大猷院様からの拝領の印籠ですから、まあ家宝です。当主が跡目相続をする時、それを親類縁者、要するに御一門が集まって披露旁《かたがた》検分するというのですな」

それが、榊原家の代々の家訓になっている。

「要するに出来の悪い子孫が売っぱらったり、質に入れたりしないようにってことなんだろう」

権現様のお供をして三河からやって来た譜代の名門と呼ばれる家の中《うち》、二百数十年も経った今では没落したり、絶家したりという例が少くない。

「榊原家なんぞは、よく保《も》っているほうだろう」

「三日月紋の印籠のおかげかも知れませんがね」

源三郎が最後の巻き鮨に手をのばし、東吾が膝を叩いた。

「わかったぞ、その印籠が奥方の知らない中に妾腹のほうへ渡ってたんだ」

源三郎が首をひねった。

「誰でも、そう考えるものですかね」

「違うのか」

「わからないのですよ」

家宝の印籠は平常、榊原家の仏間の豪勢な仏壇の背後のかくし戸棚の中にしまわれていたのだと源三郎はいった。

「取り出したのは、主馬殿が家督を継いだ時、それから、奥方と祝言をあげられた際、榊原家の家宝として奥方やその御実家の方々におみせになったそうです」

ちなみに、奥方の実家は、これも三河以来の旗本で松平右京大夫重元だとつけ加えた。

「以来、しまいっぱなしだったというのか」

「そうです」

大体、先祖代々の家宝などというものは、どの家でも蔵だの納戸だのの奥深くしまい込むので、なまじっか取り出すとあと片付が厄介だと、だんだん億劫になって、よくよくのことでもないと出さなくなるものではないかと、源三郎はうがったことをいい出した。

「それが狩野何某の描いた龍虎の図だとか、名工の鍛えた銘刀なんぞですと、出して来て自慢も出来ますが、たかが印籠となりますと、みせてもらうほうもあまり有難くない。まして榊原家のは、なんの変哲もない三日月紋が描かれているだけといいますからね」

「源さんもよくいうよ、三代様の拝領品を、なんの変哲もないとはね」

「ですが、三日月が描いてあるだけなんですよ」

たしかに面白くもない図柄であった。

「しかし、そいつが紛失したとなると、えらいことなんだろう」

「表沙汰になると厄介ですな」

「戸棚に鍵は……」

「ありません」

「そこに、家宝をかくしているのを知っている者は……」

「一応、殿様と奥方だけで、だから、奥方は殿様が取り出して、妾腹の子に与えたと疑っているわけです」

「それで、八王子から呼んだのか」

「奥方の考えにも少からず無理があるのですよ」

「かわせみ」の藤の間に泊っているお妙という女は、八王子千人同心の家の娘だという。

その昔の武田家の家臣を中心に幕府が八王子に土地を与え、甲州口への守りにした。日頃は田畑を耕して非常時に備えたものだが、今では槍奉行に属し、交替で日光東照宮の火の番を務めるぐらいで、殆ど、昔日の面影はない。

「父親は医者とのことで、榊原の殿様の知行地が八王子の近くにあるところから、その関係で榊原家へ奉公に出て、お手がついたというものです」

奥方を迎えるに当ってお暇になり、八王子へ帰ってから出産した。

「それっきり今日までなんの音沙汰もなかったそうですから、殿様が母子に目をかけていたとは思えません」

いくら奥方が怖くとも、その気になれば江戸へ呼び寄せることも出来るし、音信も可能であった。

「お妙どのの親兄弟が用人の大森平大夫どのに話されたのによると、手紙一本貰っていないというのですから……」

「用人は八王子まで行ったのか」

「奥方の御親類がなにがなんでも母子を江戸へ伴って来いと厳命したらしいですよ」

表むきは病気の殿様にお妙と徳太郎を対面させるという口実だが、奥方はなんとかお妙をかきくどいて三日月紋の印籠を取り返したい考えのようらしい。

「それも、お妙どのが持っていない、貰っていないといっているのですから、無理な話だと思いますがね」

東吾が眉を寄せた。

「母子に危険はないのか、もしもの場合、消してしまうという……」

「それはないでしょう、お妙どのを殺害しても、印籠は出て来ません」

仮にお妙の家族が印籠をかくしていたとして、お妙と徳太郎が殺されたら、それこそ印籠をぶちこわしても榊原家には渡すまい。

「奥方も、それくらいのことはわかっていますよ」

なんにしても、印籠の所在が明らかになればよいので、榊原家は蔵だの納戸だの手当り次第に家探《や》しをしているという。

「そういうわけですので、何分よろしく」

漸く長話を終えて立ち上りかけた源三郎が東吾の膝の横にあった竹とんぼに気がついた。

「なつかしいですね。昔、よく東吾さんに作ってもらいましたっけ」

「俺が源さんに竹とんぼを作ってやったのか」

「大体、わたしは不器用で、苦労して作っても、ちっともとばない。がっかりしていたら、東吾さんが自分の竹とんぼをわたしのと取りかえてくれたんですよ」

おぼえていませんか、といわれて東吾は照れた。

「源さんは、昔のことをよくおぼえているんだな」

「人間、嬉しかったことは忘れないものですよ」

是非、源太郎に作ってやって下さいといい、源三郎はとっぷり暮れた大川端を八丁堀へ帰って行った。

二

お妙母子の事情を知った「かわせみ」では嘉助やお吉はもとより、奉公人もそれなりに緊張した。

なにはさて、泊り客は世が世であれば旗本の側室と若君様なのである。

「下手な口はきけませんし、粗相があっては困りますから……」

とお吉はもっぱら、自分でお膳を運び、何か御用はございませんかとうかがったりしているが、客のほうはまるで鹿爪らしいところがない。

殊に徳太郎は部屋にこもっているのが退屈とみえて、よく庭へ出て遊んでいる。

子供同士というのはいいものらしく、徳太郎が庭にいると、千春もすぐ出て行って一緒に竹とんぼをとばしたり、鞠《まり》つきをしたりしている。

庭の木にはぼつぼつ蟬も出て啼いているのだが、徳太郎はそれを獲ろうとはせず、千春を抱き上げて、

「ほら、あの枝の下にいるでしょう」

などと教えてやるだけで、庭の草の葉の裏から小さな青蛙をつかまえて、千春にみせてくれたりもするが、必ず、

「さあ、もう、お家へお帰り」

と放してやる。

心の優しい少年だというのが、みているるいにもよくわかって、次第に話をするようになった。

母親のお妙も、内気で、あまり自分からお喋りに興ずるというふうではないが、訊ねられたことにはきちんと返事をするし、とりすました所は微塵もない。

榊原家とのかかわり合いについては、るいも触れぬようにしていたのだったが、たまたま「かわせみ」の話になって、るいが早く母を失い、父が歿った後、八丁堀の暮しを捨てて宿屋商売をはじめたいきさつを語ると、羨しそうな表情になった。

「私にもそれほどの甲斐性がありましたら、父や弟に苦労をかけませんでしたのに……」

といい、はじめて榊原家へ奉公に出たいきさつを口に出した。

「父は私が母の顔も知らず、男ばかりの家では、ろくな躾も出来ないと考えて、御奉公の伝手《つて》をみつけて参ったのですけれど、私の本心は御屋敷奉公なぞ、決して望みませんでした。同じ八王子の、同じような身分の人の許へ嫁ぎ、田畑の仕事をしながら、実家と行き来をし、穏やかに暮せればよいと願っていました。でも、父は娘を少しでも幸せにしてやりたい、いい家柄へ嫁入りさせても恥かしくないだけの行儀作法は身につけさせたいと申しました。私、自分の考えをはっきり父に話せなかったのです」

それが口惜しいと唇を嚙む。

「おいくつの時でございましたか」

「十五でした」

「お好きな方なぞ、いらっしゃいませんでしたの」

「私、はにかみ屋で、家族の者以外とは口もよくきけませんでした。それで、父は心配したのだと思います」

今にして考えると、世間知らず、もの知らずだったとお妙は苦笑した。

「殿様が妻にしてやるとおっしゃったのを、信じたのですから……」

千五百石の旗本が、いわば高持百姓の娘を奥方に出来る筈がないと、お妙はうつむいた。

「その言葉を疑いもせず、徳太郎を妊《みごも》ってしまった私は愚か者です。徳太郎にすまないことをしたと存じて居ります」

「御奉公に上られた時分、殿様はお独り身でいらっしゃいましたの」

お妙の話だと、そんな感じがしてるいは訊ねた。果して、

「はい、奥方様はまだ御輿入れなさっていらっしゃいませんでした」

という。

奥方が榊原家へ入るのと入れかわりのように、お妙はお暇をもらって八王子へ帰った。

「ですから、奥方様は最初の中、徳太郎が殿様のお血筋とは御存じなかったのです」

以来、お妙が江戸へ出て来るのは十三年ぶりのことだと打ちあけた。

「やはり、お江戸は活気がございますね」

八王子では、時が止ったままだと呟いている。

「ですから、父は欺されるのです」

突然、強い言葉を聞かされて、るいは驚いた。

「お父様が……」

「はい、徳太郎が八歳の時、御屋敷へ召されたのです」

その頃、奥方の産んだ右之助は三歳だったと、お妙は珍しく自分から話し出した。

右之助は生れつき成長が悪く、言語が並みよりも遅かった。

「お遊び相手をというので、徳太郎に白羽の矢が立ったのですが、父は徳太郎を世に出す機会かと思い違えたようでございます」

お妙にとって一番頼りになる弟の作一郎は大坂へ医学の修業に出かけて留守であった。

「徳太郎は半年ほど、榊原様の御屋敷にいて、八王子へ帰されました」

「それは、何故……」

「御用人の話では、徳太郎があまり利発なので、ずっと若君のお側仕えをさせようと、奥方様が徳太郎の身許を調べさせたところ、私が御奉公に上っていたことも、夫もなしに徳太郎を産んだことも、わかってしまったとか」

もともと、徳太郎を名指して右之助の遊び相手に召し寄せたのは殿様だったので、奥方は最初から徳太郎の素性に疑念を持っていたのかも知れないとお妙はいった。

「でも、弟は今でも申します。あの時、徳太郎を御屋敷にとられないで、本当によかったと……」

廊下のむこうで、お吉の声がした。

「まあ、若先生、いつお帰りに……」

お妙がはっとしたように腰を浮し、挨拶もそこそこに庭から藤の間へ去った。

その藤の間からは、さっき千春が持って行った双六《すごろく》をしているらしい徳太郎の声が聞えている。

「どうも、ひどい話なんだな」

るいに迎えられて居間へ入って来た東吾が、やや声をひそめていった。

「聞いていらっしゃったんですか」

「嘉助が、藤の間のお客とるいが話し込んでいるというから、取り次がなくていいと入って来てね」

「女の話を立ち聞きなさるなんて……」

「おかげでいろいろとわかったじゃないか」

榊原主馬がお妙母子にまるっきり情愛がないと思っていたのは間違いで、少くとも八歳の徳太郎を、右之助の遊び相手という口実で呼んだのは、どのように我が子が成長していたか知りたい気持があったからに違いないと東吾はいった。

「ひょっとすると榊原の殿様は、奥方の産んだ子がどうも育ちがよろしくないというのでさきゆきを心配し出したのかも知れないな」

男の子は口が遅いというから三歳で言葉がままならないということもあるだろうが、八歳でやって来た徳太郎は殿様の目にも充分、満足の出来る成長ぶりだっただろうとるいは思う。

「奥方はそのあたりがよくわかったから、さっさと徳太郎を追っ払ったんだ」

「どんなふうになられているんでしょうねえ、右之助とおっしゃる方は……」

徳太郎より五歳年下なら、今、八歳である。

「立派にお育ちになっていらっしゃるんでしょうか」

「まあ、下々なら、ちょっと見に行くって手があるが、千五百石の殿様ん家《ち》じゃ、おいそれとのぞくわけにも行かねえなあ」

と東吾は笑ったのだったが、その翌日、講武所から帰って来ると「かわせみ」の前に立派な武家の女乗物がおいてあって、お供の女中や若党たちがひかえている。

これはこれはと思いながら暖簾をくぐると嘉助が、

「榊原様の奥方が内々で若君をお連れになり、只今、藤の間でお話をなすっていらっしゃいます」

という。

「内々ったって、あの仰々しい供揃えじゃあなあ」

東吾が笑い、嘉助も口許をゆるめた。

「剣呑そうな話か」

「お吉さんが時々、立ち聞きに行ってますが、そうでもねえようで、ただ、奥方は徳太郎坊っちゃんが例の御家宝を持って行ったと思ってなさるふうだとか……」

居間に入ると、奥のほうの部屋に子供が三人、車座になっていて、なにか食べている。るいが台所から麦湯を運んで来て、

「おやまあ、お帰り遊ばせ」

口だけで挨拶して、奥の部屋へ行く。

東吾が自分で床の間の刀掛に両刀をかけ、奥を眺めると、子供達が食べているのは団子であった。

こっちに背をむけているのが千春と徳太郎、その正面にいるのが、どうやら奥方が連

れて来た右之助らしいのだが、背恰好は千春と変らない。

「申しわけございません。なにしろ、突然、お出でになったものですから……」

こっちへ戻って来て、るいが小声で告げた。

で、東吾が右之助を目で指しながら、

「八つにしちゃあ、小せえなあ」

とささやく。

「お口《くち》もはっきりしませんの。なにをいっているのか。でも、甘いものは大好きで、徳太郎様が御自分のお団子をさし上げて、千春も一本……」

串団子は一人二本ずつ出したので、右之助は一人で五本平らげたことになるといいつけた。

「大飯食っても育たねえんだな」

なんとなく可笑しくなって眺めていると、父親の帰って来たのに気がついた千春が、ついと立って、こちらの部屋へ来た。

「お帰りなさいませ」

と手を突いてから、るいに告げた。

「あちらが、お団子をもっと欲しいと……」

るいが困った顔をした。

「よろしいのかしら。そんなにあがって……」

「あちら一本も歯がないのですよ。お口をあけてみせてくれました」

東吾が応じた。

「歯がないのに、団子を五本も食ったのか」

「本当はお砂糖をなめるのが一番、お好きなのですって」

「そんな話をするのか」

「赤ちゃんみたいな話し方で、千春にはよくわかりません。でも、徳太郎さんがじっと聞いてあげて……」

「あいつ、半年、遊び相手をしたことがあったからだな」

るいが東吾へ訊いた。

「どうしましょう、お団子……」

「もうやめにしておけよ、腹をこわしたなんぞといいがかりをつけられちゃ、ま、い、しゃくに合わねえ」

るいより先に千春が奥の部屋へ行った。

「もうお腹をこわすから、お団子はいけませんって、お父様が……」

とたんに右之助が赤ん坊のような声で泣き出した。徳太郎がなだめ、裏庭に鶏がいるから見に行こうといっている。

泣きじゃくりながら右之助は立ち上ったが、歩くのもおぼつかない。徳太郎が右之助をおぶった。千春がついて、縁側から庭へ下りて行く。

「あれが、千五百石の旗本を継ぐのか」

三日月紋の印籠も何もあったもんじゃねえと東吾が呟き、るいも気の毒そうに見送った。

「徳太郎様のほうなら、話は別ですけど」

縁側へ出て眺めると、右之助は鶏まで怖れて徳太郎の背中にしがみついている。

お吉が来た。

「奥方様がお帰りになるので、若君様を……」

るいが庭を指し、お吉は慌てて右之助を連れに行った。

ものものしい行列が去ってから、お妙が「かわせみ」の居間へ来た。突然に厄介をかけたことを丁寧に詫びる、その目がまだ赤かった。で、東吾が、

「奥方は、いったい、なんだといっているのかな」

と訊ねてみると、

「あちらは、どうしても徳太郎が印籠を持ち去ったとおっしゃるのでございます」

流石に腹立たし気であった。

「理由は……」

「徳太郎があちらのお屋敷へうかがうまで、印籠は確かにあったと……」

「八王子へ帰ったあと、印籠のなくなっているのに気がついたとでも……」

「いいえ、紛失にお気がつかれたのは、つい先般だとか」

「それじゃあ、徳太郎が持ち出したとはいえまい」

八歳で遊び相手として半年、滞在しただけであった。

「あちら様は、殿様が徳太郎にお与えになったに相違ないと仰せられます。でも、徳太郎は、もし、殿様から何か頂いたら必ず、私に話します。私に見せないことはございません」

「遊び相手を半年つとめて、お暇を頂いた時、何か頂いたものがございましたの」

るいが口をはさんだ。

「徳太郎を送って下さった御用人から手土産にとお菓子を頂きましたが、父が不快がって小作人に与えてしまいました。それだけでございます」

東吾があきれた。

「半年、幼い者を只働きさせてですか」

お妙が微笑した。

「奥方は、半年、食べさせ、着せてやった恩を忘れたかとおっしゃいました」

別に何をいわれてもかまわないし、自分も父も弟も、徳太郎を榊原家へ戻す心算は全くないのだから、こちらに弱味はないが、

「持ってもいない印籠を出せといわれるのが困ります。ないものはないのですから……」

途方に暮れて再び涙ぐんだ。

「それは、榊原家のいい分が無法ですよ。いざとなったら逆にお上に訴える方法もある。知り合いに、今は隠居していますが、その昔、目付まで務めた老人がいます。いざとなったら、力を借りてあげますよ」

東吾が慰め、お妙は礼をいって藤の間へ戻った。

実際、東吾は本所の麻生源右衛門に相談してみようかと考えていた。東吾にとっては兄嫁の父に当る麻生源右衛門は旗本で、当人は目付役を長く務め、その後、西丸御留守居役に替って、近年になって、退任している。

頑固一徹の正義漢だが人情にあつく、面倒みのいいところがあって、下の者から慕われていたし、交遊関係も広い。

源右衛門なら、いい助言をしてくれるだろうと思う。

庭で竹とんぼをとばしていた徳太郎が千春と戻ってきた。で、思いついて五目並べをしたことがあるかと訊いた。

「では、教えてやろうか」

「お願いします」

嬉しそうに沓脱ぎから上って来た。

「待ってくれ、すぐ着替える」

講武所から帰って来て、まだ袴をつけたままであった。るいが乱れ箱を持って来て、東吾は袴の紐を解いた。腰帯につけていた印籠をはずす。

印籠は常備薬を入れて持ち歩くものであった。もともとは印判や印肉を入れていたので印籠の名がついた。今はむしろ、武士の装身具といったところがあり、東吾も外出時には必ず腰に提げて行く。

東吾が愛用しているのは、かなり昔に麻生源右衛門からもらったもので輪島塗で、武具の模様が蒔絵でほどこされている。

るいが受け取ったのを、徳太郎がじっとみているので、東吾は帯をほどきながらいった。

「それは印籠だぞ。知っているか」

「いいえ」

という返事であった。

「母や祖父が話していたので、名前は耳にしていましたが、見るのは始めてです」

物珍しそうなので、るいが渡してやった。

「お薬を入れるのですよ」

「薬ですか」

両手に持って眺めている。

「榊原家が探しているのは、三日月紋の印籠だというが……」

蒔絵が榊原家の家紋の三日月紋だと聞いている。

「空に出る月、三日月だ」

着替えをすませて、東吾が碁盤を出して来ても、徳太郎は印籠をみつめている。

「どうかしたのか」

と訊くと、首を振って印籠をるいに返した。

五目並べを教えてやりながら、東吾は徳太郎が何かを考えているのに気がついた。

が、東吾のほうからは何も訊かなかった。こうした場合、そのほうがよいという今までの経験がある。

晩餉の時刻が来て、徳太郎は藤の間へ帰って行った。

「徳太郎様は榊原家の印籠の件を御存じなのですね。だから、あなたの印籠をみていらっしゃったのでしょう」

とるいはいったが、東吾は別のことを考えていた。

果して夜になって、徳太郎が母のお妙と居間へやって来た。

「この子が、あなた様にきいて頂きたいことがあると申します」

不安そうな母親に対して、徳太郎はしっかりしていた。

「先程、拝見した印籠のことなのですが……」

東吾は穏やかな目で少年をみつめた。

「手前は印籠を知りませんでした。八王子の家にはございませんでしたし、祖父の所へ参る病人は大方が百姓で、左様なものは持って居りません。祖父や母から印籠といわれても、それがどのようなものかわからなかったのです」

大きく東吾がうなずいた。

「誰でもそうだ。目で見、手で触ってみなければわからないものがこの世には沢山ある」

傍から母親がいった。

「私どもが迂闊《うかつ》でございました。てっきり、この子は印籠をみたことがあると……」

東吾が訂正した。

「みたことがあっても、その名やなんのために使うかを知らなければ、ものと名前は結びつかない。徳太郎どのがいいたいのはそのことでしょう」

徳太郎が東吾に対してすがりつくような目をした。

「おっしゃる通りです。手前は印籠をみたことがあるのです。ただ、それが印籠とは知りませんでした」

「榊原家にいた時ではないのかな」

「多分……八王子では目にするわけがありません」

「それを見た場所は、憶えていないのだろうな」

八歳の子供であった。しかも五年も昔のことである。

「今は、どうしても思い出せません。ただ、御屋敷へ行ってみれば、思い出せるような気がするのです」

そのために明日、榊原家へ行きたいといった。

「その印籠がなければ、右之助様は家を継げないと聞いて居ります。みつけられるものなら、なんとか探してやりたい」

これは兄の声だと東吾は思った。

妾腹としてないがしろにされていても、この子の血の中にあるものが、弟の危難を救いたいといっている。

東吾は決心した。

「よろしい。明日、わたしが一緒に榊原家へ行ってみよう」

「母は行かないほうがよいと思います」

「そうだな。二人だけで行こう」

「ありがとうございます。そういって下さるように思えたのです」

「そうか。明日、午餉をすませたら、出かけよう」

おろおろしている母親の前で、男同士の約束が出来た。

藤の間へ母子が戻ってから、東吾は立ち上った。

「ちょっと、源さんの所へ行って来る」

三

翌日、東吾は軍艦操練所から正午すぎに帰って来た。

午餉をすませた所に、畝源三郎が女房の実家の中番頭、宇之助を伴って来た。

「榊原様の御用は必ず手前が承って居りますので……」

という宇之助は以前、玉川の鵜飼の時なぞにも挨拶しているので、東吾も顔馴染であった。

しっかり者で機転がきく。

「まず大丈夫とは思うがね。万一、さわぎにでもなったら、かまわずどんどん逃げ出してくれ」

東吾が耳にささやくと少し緊張したが、

「どうぞ御心配なく。手前も御新造様の御縁で、だいぶ度胸がすわりました」

と苦笑する。たしかに店の女主人が八丁堀の定廻りの旦那の御新造になってからは、店の奉公人も捕物馴れする筈だと東吾は源三郎と顔を見合せた。

お吉が呼びに行き、徳太郎が母親に送られて出て来た。

「よろしくお願い申します」

板の間にすわって、形のよいお辞儀をした。

「飯は食ったか」

「はい、二膳頂きました」

「あんたは度胸がいいよ」

母親にいった。

「心配しないで待ちなさい。徳太郎どのは千五百石以上の肝っ玉を持っているよ」

榊原家は西本願寺の北側、備前橋の近くであった。

敷地は広く、立派な門がまえである。

「手前はここでお待ちします」

源三郎がいったのは、町方役人が下手に同行して、先方から支配違いをいい立てられるのを避けるためであった。

宇之助が心得たように裏門へ廻って行く。

間もなく戻って来て、

「只今、こちらの通用門をお開け下さるそうで……」

という。待つほどもなく、通用門が開いた。

顔を出したのは初老の武士で、

「御用人の大森平大夫様で……」

と宇之助が紹介する。

「手前はかわせみの主人、神林東吾と申す者、徳太郎どのが昔のことを思い出したといわれるので、後見人として同道致した」

人を食ったような東吾の挨拶だったが、用人の耳には徳太郎が何かを思い出したという条《くだり》しか聞えなかったらしい。

「三日月紋の印籠のありかがおわかりか」

度を失った声で聞く。

「それは、これから御屋敷内を探してみなければわかり申さぬ」

徳太郎の代りに東吾が返事をして、そのまま、通用門を入った。

白砂利を敷いた道が玄関まで続いている。

式台の所で、東吾はついて来た宇之助に声をかけようとしたが、

「手前は折角、こちらまで御案内して参りましたので、お目にかかれるかどうかわかりませんが、奥方様に御挨拶をして参ります」

手土産らしい包をみせながら、用人に、

「お女中衆に取次ぎをお願い申して参りますので……」

勝手知ったように裏へ廻って行った。

おそらく、畝源三郎の指図だろうと思いながら、東吾は用人にいった。

「早速ながら、御仏間に御案内願いたい」

気を吞まれた恰好で用人が先に立ち、東吾は徳太郎と共に続いた。

仏間は立派なものであった。正面に安置されている仏壇は大きく内部は金色燦然と輝いている。

「かくし戸棚というのは、どこに……」

東吾が訊き、用人は渋々、仏壇の裏側を教えた。

それはかくし戸棚というほどのものではなかった。仏壇の真裏の下の部分に小さな切り込みがあり、それを下に押すとひき出しが現われる。

「印籠もこのひき出しの中にしまってござったが……」

用人がひき出しを引いた。なかにはなにも入っていない。のぞいてみて、東吾はすみに小さな黒いかたまりがあるのに気づいてつまみ上げた。みたところ、鼠の糞のようだが、

「これは甘納豆ではないかな」

小豆で作ったその菓子は近頃、千春が食べるので、東吾も一粒二粒もらって口にすることがある。かなり以前にそこに入ったらしくからからに乾いて固くなっていた。

「甘納豆……」

小さく、徳太郎が呟いた時、

「若様、いけません、そちらへいらしては」

女中の声がして、危っかしい足取りの右之助が入って来た。徳太郎の姿をみると、廻らない舌でなにかいいながら嬉しそうにしがみついて来る。

「ああ」

と徳太郎が小さく叫んだ。

「甘納豆です」

「あまらっとう」

右之助がいった。

「あまらっとう、たべる」

「そうです。甘納豆でした。あれに甘納豆を入れて、そうすれば誰にも見つからずにお好きな時に食べられるからと……」

徳太郎が右之助の前に膝を突いた。

「あのいれものはどうされましたか。甘納豆を入れて、若様が持っていた黒い、四角い、これくらいの……」

右之助が徳太郎の手を摑んだ。

「あまらっとう、たべる」

「はい、ですから、私の申し上げることをよくお聞き下さい。甘納豆をしまった大事な大事ないれものは、どこにありますか」

「あまらっとう」

「そうです。母上様がもう召し上ってはいけないとおっしゃって、お泣きになったでしょう」

「母上は……いけない……」

「そうです。甘いものばかり召し上ってはいけませんと……」

「たべたい。たべる」

幼児のようにむずかり出した。

「さし上げます。ですから、あの黒いいれものは……」

「いれもの……」

「私が甘納豆を入れてさし上げました」

泣くのをやめて、右之助は考え込んだ。

「さとう……さとう」

「さとう、ですか」

砂糖だと東吾は気がついた。低声で徳太郎に、

「砂糖ではないか」

とささやく。

「砂糖を、右之助様はあれにお入れになったのですか」

「うん……」

「それで、それはどこに……」

「あかない。あけてくれ」

よろよろと右之助が歩き出し、徳太郎がその手をひいて行く。

そこは右之助の部屋のようであった。

木馬がおいてある。玩具の刀、人形、饅頭をのせたお盆。

右之助が部屋のすみの唐櫃を指した。

「あちらですか」

「そう、あかない。さとう、たべられない」

人さし指をしゃぶり出した恰好はとても八歳にはみえない。

徳太郎が唐櫃の蓋を取った。それは、右之助の玩具箱のようであった。

用人と東吾が近づいた。

大小の犬張子が入っている。こわれた五月人形だの、なにやら雑多なものが放り込んであるのを、徳太郎がかき分けた。右之助が一緒になって手を突っ込み、黒い、四角いものをひっぱり出した。

それは印籠であった。石などで叩いたのか、ぶっつけたのか、無惨な形になっている。

「あかないのだ。たたいても……さとう、たべたい」

右之助の手からそれを徳太郎が取り上げ、東吾に渡した。

成程、開かない。おまけにべとべとした。用人が印籠をのぞいて仰天した。

「これは、御家宝の……」

その声はちょうど部屋へ入って来た奥方の耳にも届いた。


「それじゃあ、御家宝の印籠の中に入れた砂糖がとけて蓋がとれないからって、右之助様が石で叩いたり、柱にぶっつけたりしたっていうんですか」

一件落着しての「かわせみ」の夕方、お吉が漸く畝源三郎の口から真実を教えてもらって、けたたましい笑い声を上げた。

「なんだ。東吾さんは話して行かなかったのですか」

徳太郎を伴って榊原家を訪ねた翌日、東吾は急な招集で軍艦操練所へ行き、そのまま練習艦を大坂へ運ぶために出航した。

「おるいさまはお聞きになったのでしょう」

とお千絵にいわれて、るいはうなずいた。

「大体のことは……でも、なんですか、右之助様というお方がお気の毒で……」

尋常でない育ち方をしている少年のことを軽はずみに話したくないというのが、るいの本心であった。この「かわせみ」で団子を旨そうに食べていた姿を目にしているだけに一層、不愍という気持が強い。

「たしかに、右之助様はお気の毒ですよ。なにしろ、徳太郎どのが帰られてから、あいたがって泣いてばかりいるとのことですから」

源三郎が人の子の親の表情で話した。

「しかし、血眼になって探していた家宝の印籠が、若君の甘納豆入れになっていて、しかも、甘納豆が頂けなくなった後、盗み出した砂糖をつめて、時々、なめていたというのは、やっぱり可笑しいですよ」

砂糖がとけて蓋が開かなくなった印籠は、右之助が癇癪《かんしゃく》をおこして叩きまくったから、もはや、がらくたであった。

「どうなさいましたの、榊原様では……」

るいが訊き、お千絵がまた笑い出した。

「新しいのをお作りになったのですって」

源三郎がつけ加えた。

「要するに古びてみえる偽物を注文して、そちらで来月早々、御披露をなさるそうです」

集まった親類方の中で、もし、それを偽物と気がつく者がいたとしても、誰も口には出さない。

「まあ、拝領の家宝などというものは、それでよいのですな」

お妙と徳太郎は天下晴れて八王子へ帰ったし、榊原家も一応、納まった。

「いろいろ、御厄介をおかけしましたが、一件落着しましたので……」

越後の酒をぶら下げて来たのは、東吾と一杯やるつもりだったが、

「東吾さんが戻られたら、出直して来ます」

源三郎夫婦が帰り、るいは千春を抱いて大川のふちへ出た。

遠く、大川の河口が広がってみえる。

「お父様のお船、早くお戻りになるといいけれど……」

沖の白帆にるいが呟き、千春は小さな手を振った。

水売《みずう》り文三《ぶんぞう》

一

江戸の七夕は暦の上では秋であった。

深更、満天の星を仰いで外に出ると、まるで天の川からしたたり落ちた水滴でもあるかのように、草の葉が露を帯びて、しっとりした気配は確かに初秋のものである。

けれども、昼は相変らずの炎暑が続いて、商家では軒並み、小僧が店の前に水を撒《ま》き、日盛りには天秤棒に水桶を前後につけた男が往来に撒き水をする。

水桶は下の部分に小さな穴が沢山あけてあって、そこから適当に水が地面に散らばって埃を鎮める仕組みになっている。

それでも暑さは凌ぎにくくて、路上には心太《ところてん》売りや水売りが店開きをして、けっこう客の足を止めている。

その日、神林東吾が本所荒井町の妙源寺に出かけたのは、急死した軍艦操練所の上役の法要に参列するためであった。

木下嘉右衛門というその旗本は、年齢こそ東吾の父親といってもよいほどの老人だったが、洋学の素養があり、時代を先読みするところがあったので、若い連中とも話が合い、何かにつけて頼りにもされる存在であった。

ただ、無類の酒好きで特に最近は医者からも禁ぜられているといいながら、やはり、一度、盃を手にするととめどがなくなってしまう。で、まわりの者はけっこう気を遣っていたのだったが、先月、夜半に厠《かわや》で倒れて、そのまま意識が戻らないままに逝った。

軍艦操練所からは十数人が列席して、その多くが法要のあと、柳橋あたりで精進落しをと誘い合せていたが、東吾はどうもその気になれず所用があるからと断って、一人、御竹蔵沿いの道を歩いて来た。

両国橋の近く、回向院《えこういん》の門前町に近づくと御開帳があるらしく、かなりの人出で、路上には露店が並び物売りの呼び声が賑やかであった。なかでも、

「ひゃっこい、ひゃっこい」

と売り声が響く水売りの前は行列が出来ている。

江戸の諸方にある湧き水を汲んで来て、それに砂糖や白玉を浮べたのを一杯いくらで売る水売りは夏の江戸の景物で、売り手は若い男か女が多かった。なによりも威勢のよいのが身上で、年寄が売っているのは、水がなまぬるくみえるということらしい。

その水売りも若い男であった。せいぜい二十そこそこか、よく日焼けして浅黒い顔に、がっしりした体つきだが、容貌は優しくて愛敬がある。そのせいか、並んでいる客には女が多かった。

行列の少し先、辻のところに長助の姿がみえて、東吾は近づいた。

「若先生……」

むこうも気がついて、小腰をかがめ、額の汗を拭く。

「相変らず暑いな」

「へえ。ですが、今日は風がありますんで、まだ助かります」

お出かけでございますか、と長助が訊いたのは、東吾が夏の紋服だったからで、上役の法要に行った帰りだと教えると、

「そりゃ御苦労様でございました」

律義に頭を下げる。

「親分は、なんで御出役なんだ」

東吾に訊かれて、ぼんのくぼに手をやった。

「御出役なんて、そんな大それたものじゃございません」

今度の回向院の御開帳が、京の有名な寺院からだというので初日から大層な人が出た。

「お寺社のほうから、内々に、旦那方のほうに話があったそうでして……」

人が多く出れば、掏摸やかっぱらい、喧嘩や迷い子と騒動が起りやすいし、寺の側だ

けではどうしようもない。

「そいつは親分こそ、御苦労様だな」

「とんでもねえことで……。こちとら、これが商売でござんす」

立ち話をしながら、なんとなく東吾の視線が追ったのは、水売りの若い男が客足の途切れた間に一杯の水を、すぐ近くで胡弓を弾いている老女の所へ持って行って、辞退するのを制して飲ませてやるという光景であった。

水をもらった老女は、こざっぱりした身なりながら、路傍で胡弓を弾いて投げ銭をもらう、いわば物乞いのようなものである。

若い水売りは老女に飲ませた茶碗を他の客用の茶碗と一緒にはせず、別にかついで来た台の下のひき出しにしまった。

客から、物乞いに飲ませた茶碗で水を売るのかと苦情をいわれない用心のためらしい。

東吾の視線をたどって、長助が、

「水売りが、何か」

と訊いた。

長いつき合いならではの気の廻り方だと苦笑して止むなく、

「あの水売りとむこうで胡弓を弾いている婆さんとは知り合いかな」

と思いついたままを、口に出した。長助が果してあっけにとられた表情になり、二人を眺めた。

「それは、やはり、こういう所で商売をして居りますんで、顔なじみかも知れませんが……」

一人は大道芸人といえば聞えはよいが、いってみれば門《かど》づけの物乞いだし、一方はしがないとはいっても、物売りである。

「いや、別にいいんだ。たいしたことじゃない」

むこうから若い女が青い顔で走って来た。どうやら伴《つ》れていた子とはぐれたらしい。

「長助、たまにはかわせみへ来いよ。嘉助が相手を欲しがっている」

将棋をさす手真似をして、東吾は長助と別れた。

大川端の「かわせみ」へ帰って着替えをするついでに一風呂浴びて、千春の相手をしていると、お吉が、

「長助親分が参りましたけど……」

と取り次いだ。帳場で嘉助と話をしているというので、東吾は気軽く立ち上って店へ出た。

長助の前にはお吉が気をきかせて運んだらしい冷や酒と青々と茹《う》で上った枝豆がお盆にのせておいてある。

「俺にかまわず飲《や》ってくれ」

一日、大変だったなとねぎらうと、長助がいそいで膝を進めた。

「実は、よけいなことかと思ったんですが、若先生がお訊ねになった水売りと銭もらい

の婆さんのことが、少々、わかりましたので、念のためにお知らせに参りました」

大方、そんなことではないかと東吾が予想した通りであった。

「すまなかったな。俺がつまらんことをいったばかりに……」

「いえ、たいして手間のかかることでもございませんで……」

水売りは文三といって深川冬木町の裏店に住む独り者で、年齢は二十歳。

「永代の元締の所の厄介になって居りまして、夏場は水売り、他の季節は天麩羅の屋台をやらしてもらっているそうです。婆さんのほうはお島と申しまして若え時分からあっちこっちの岡場所を転々として来たようで、最後は本所の緑町でございますか、年をくっていくらなんでもということでして、つとめをやめて行商なんぞをしていたそうですが、だんだん足腰が弱くなったので、こちらも永代の元締が口をきいてなんとか糊口をしのげるようにしてやって居りますとか」

今のところ、胡弓が珍しいということもあって物好きが銭を投げてくれるので、老女一人ぎりぎりのところで飢えもせずやって行けるという。

永代の元締というのは文吾兵衛といい、昔、相撲取りを志したという大男で、もじゃもじゃの顎鬚を生やしているからちょっと見には怖い親分だが、人情に厚く、信義を重んじる俠客として江戸中に知られていた。

本来は大名家が参勤交替などで余分な人足を必要とする際の人入《ひとい》れ稼業だが、盛り場の露天商の采配なども町奉行所からまかせられているし、芝居小屋や岡場所にも睨みをきかせている。

親分がしっかりしていると子分も出来がよくて、決して弱い者泣かせはしない。

本所深川では貧乏人は困ったら永代の元締の所へかけ込めというくらい、面倒見のよいことでも評判であった。

東吾はこの親分に、本所の麻生宗太郎の娘の花世が迷い子になった時、世話になったことから、極めて昵懇の間柄にある。

「それから、文三とお島でございますが、別に格別の知り合いというほどでもないようで……ただ、お島が住んで居ります長屋は冬木町の川向うで、そう遠くもございません。まあ、同じ盛り場で商売をすることも少くありますまいから、顔見知りには違いなかろうと文吾兵衛の所の若いのが申して居りましたが……」

長話を一段落させて長助が茶碗酒で咽喉をしめし、傍から嘉助が訊いた。

「若先生は、いったい、その文三とお島の、どういうところがお目に止まったんで……」

東吾が苦笑した。

「そういわれると返事に困るんだが、一つは文三って奴がお島に水を汲んで行ってやった時ってのは、お島が胡弓を一曲弾き終って、ほっと一息ついたところでね。なんとも間《ま》がよかった。もう一つは、文三のお島に対する様子が、なんとなく母親思いの息子にみえたものだから……」

「母子ってことはございませんそうで……」

長助がすぐに応じた。

「あっしも、ひょっとしてと思いまして訊いて参りましたが、お島は房州の生れで、もう六十になって居りますとか。文三のほうは出羽国から出て来たんだそうでして……二人が口をきくようになったのも、ごく最近のことで、赤の他人に間違えはねえとのことでして……」

「そうだろうな」

あっさり、東吾もうなずいた。

「母親を物乞いさせて、悴が傍で水売りってのもおかしな話だ」

「文三ってのは、骨惜しみせず、よく働くそうでございます。酒も女も博打《ばくち》も縁がない暮しで、元締もそれとなく目をかけているようで……」

「たいしたことでもないのに、長助に厄介をかけた。ま、飲んでくれ」

お吉が運んで来た徳利を取って、東吾は酌をしようとしたが、長助は、

「まだ、商売がございますので……」

と、一杯の茶碗酒で赤くなった頰を撫でながら、挨拶をして「かわせみ」を出て行った。

二

気になるといえばそうも思えるし、といって何がと訊かれれば、どうといえるほどの

ものでもなく、律義者の長助の前では迂闊なことはいえないなとすまない気持を残しただけで、東吾はその件を忘れた。

一つにはその夜が七夕で、庭先に立てた長い竹に、女達が結びつけた色とりどりの短冊や、千春の作った折紙などが風にゆらめくのを眺めながら夕餉の膳を囲み、その後は仕事の終った嘉助やお吉までが庭へ出て、銀色に照り輝く天の川を仰いだりしていたからであった。

「毎年のことでございますけど、今夜の天の川はとりわけ神々しくみえますね」

とるいがいったように、よく晴れた夜空は牽牛星も織姫も殊更、大きく見える。

やがて、七夕伝説を子守歌がわりに母親から聞かせてもらっていた千春が眠りにつき、嘉助やお吉も家へ入ってしまってから、東吾一人がなんとなく庭にたたずんでいると、やはり星空見物に出て来た人々だろうか、大川を漕ぎ戻って行く舟からしんみりした絃歌が聞えて来た。

月のなかばに、古河《こが》からの客が「かわせみ」についた。

古河では指折りの米問屋、田島屋の若主人と番頭で、もともと田島屋は「かわせみ」にとって十年にもなる常連客であった。

旦那の庄兵衛というのが「かわせみ」を気に入って、年に二度は出て来る江戸での宿は「かわせみ」と決っている。

その庄兵衛から、先月、便りが来て、今年は自分の代りに娘聟の文次郎をやるのでよろしくと知らせて来ていた。

「あちらは一人娘さんで、なかなか聟が決らないと親御さんがやきもきしていらっしゃいましたが、どうやら良いお聟さんがお出来になったようで、よろしゅうございましたね」

とお吉が好奇心たっぷりで迎えた田島屋文次郎は、男らしい顔立ちと誰に対しても腰の低い、如何にも実直そうな人柄が、まず好印象を与えた。

大旦那の庄兵衛はいつも手代一人を供に伴って来たが、文次郎について来たのは番頭の吉右衛門という中年の鹿爪らしい男で、これがなかなか口やかましい。

「好かない番頭さんですよ。いくらお聟さんでも、自分にとってはお主筋なのに、箸の上げ下しにまで叱言《こごと》をいうんですから……」

別に文次郎の行儀が悪いわけでもないのに汁を一口すすったら、飯を食べ、次にお菜を一口、そして飯というふうに傍から指図をするので、つい、お吉が、

「殿様じゃあるまいし……」

かげぐちを叩いたのが、番頭の耳に聞えて、

「私どもの主人は藩の重役様方の前で御膳を頂戴することもあるのでね」

じろりと睨まれたという。

「また、お吉はお客様にそんな失礼なことを申し上げて……。いくら遠慮のないお馴染でも、けじめというものがあるでしょう。まして、あちらは初めてうちにお泊りになっ

たのだから……」

るいは眉をひそめたが、女中達の間でも吉右衛門の評判はよろしくない。若主人より先に風呂へ入っただの、夜遊びに出て朝帰りをしても主人にあやまりもしないなどと、次々にるいの耳に入る話は、確かに若主人を馬鹿にしているとしか思えない。

で、それとなく嘉助に訊いてみると、

「これは吉右衛門さんが手前に申したことでございますが、あちらの若主人、文次郎さんというのは田島屋さんの奉公人でして、お嬢さんのお直《なお》さんをたらし込んで聟になったと……。まあ、そんなふうにいいますので、いくらなんでも御主人に対し、そういう言い方はありますまい、といってやりました。どうも、いい年をして分別のない奉公人でございます」

と苦い顔をしている。

「これは手前の推量でございますが、文次郎さんは男前でお人柄もよい。おそらく田島屋のお嬢さんが見初めて、親御さん方もあの男なら聟にということで、御縁がまとまったものでございましょう。ですが、番頭さんにしてみれば小僧から叩き上げて漸く番頭にまでなったものの、年下の奉公人を或る時から急に主人として頭を下げねばならなくなったのが、どうも面白くない。それで文次郎さんにつらく当るのではないかと存じます」

「それで、文次郎さんはどうしていらっしゃるの」

「あちらはよく出来たお方でございますよ。番頭さんが何をいっても柳に風、それで、適当に番頭さんをたてていなさる。若いに似ず苦労人でございます」

どちらかといえば、客に好悪を示さない筈の嘉助までが文次郎の贔屓になっている。るいの目にも、文次郎という若者はしっかりしていた。強いていえば、古河で指折りの米問屋の聟にしては腰が低すぎるかという点だが、それも商売人であれば頭《ず》が高いといわれるより余っ程よい。

吉右衛門のほうは、主人に対して日に日に野放図になっているようであった。文次郎のほうは昼に商用をすませると、きちんと「かわせみ」へ帰って来るのに、番頭は取引先に招ばれたと称して連夜、岡場所なぞへ出かけているようである。

流石にみかねたのか、文次郎が夕方、出かけて行く吉右衛門に、

「あまり度を過ごさぬように……」

と注意をしたところ、

「手前が何をしようと大きなお世話でございますよ。あなたに文句をいわれる筋はありません」

と啖呵を切ってとび出した所へ、ちょうど軍艦操練所から帰って来た東吾が「かわせみ」の暖簾をくぐり、番頭を追いかけようとした文次郎と鉢合せをした。

「どうしたんだ」

と東吾に訊かれて文次郎はさしうつむいたが、一部始終を見届けていた嘉助がいいつけた。

「そいつは太てえ番頭だな」

と東吾は苦い顔をしたが、文次郎は、

「手前の申し方が悪かったのでございます。どうも御迷惑をおかけしました」

神妙に頭を下げ、自分の部屋へ戻って行った。

そんなことがあった翌日、今日は講武所の稽古をすませた東吾が木更津河岸の所を通りかかると、人々が雑踏する中に文次郎がいるのが目に入った。どうやら、人でも探している様子なので近づこうとすると、

「東吾さん」

背後から声をかけられた。

ふりむくと、畝源三郎が若党一人を供にして立っている。その様子では町廻りの帰りらしい。

「何を見ていたんです」

と訊かれて、東吾は笑い出した。

主が主なら家来も家来とよくいうが、長助が無類の律義者であるように、この長年の友人も定廻りの旦那には似合わぬ律義さを持っている。うっかりしたことをいうと、また、かけなくてもいい厄介をかける危険があるとつい、可笑しくなったからで、

「なんでもないんだ」

いつまでも暑いな、と河岸に背を向けると源三郎と肩を並べて日本橋川の岸を歩き出した。

「長助が胡弓弾きの婆さんの身許を調べましてね」

源三郎が話し出し、東吾はあっけにとられて友人の顔を眺めた。

「胡弓弾きの婆さんだと……」

「東吾さんが気にしていたそうじゃありませんか」

実はその件で今から深川の長助の所へ行くのです、といわれて、東吾は再度、絶句した。

源三郎は途中で若党を屋敷へ帰し、自分だけ長寿庵へ行くと聞いて、東吾も知らぬ顔は出来なくなった。

大川端の「かわせみ」を横目にみて永代橋を渡る。

「俺は別に、あの婆さんを調べてくれと長助に頼んだわけじゃないぞ」

東吾がいい、源三郎がうなずいた。

「長助もそんなことをいっているわけではありません。ただ、なんとなく気になって調べてみたら、悴がいることがわかりましてね」

「まさか、あの水売りがってんじゃないだろうな」

「文三ですか。違います」

木更津で漁師をしているのだと源三郎は告げた。

「名は松吉といいまして、実はそれが今日、小文吾と一緒に木更津から来ました」

「小文吾が迎えに行ったのか」

永代の元締、文吾兵衛の倅であった。

「あいつは、けっこうお節介なところがありまして、血を分けた倅がいるのに、大道で銭もらいの真似をしているのは気の毒だ。おそらく、倅は何も知らないのに違いないと、まあ様子をみがてら、知らせに行ったようでして……」

果して倅はびっくりして江戸へ出て来たらしい。

「しかし、よく、わかったたな。あの婆さんが打ちあけたのか」

「いや、お島はかくし通す気だったようです。ただ、お島が今の長屋へ入る時に口をきいたのが深川に住んで居りまして、その女はお島が岡場所で働いている頃の朋輩だったのですが、いい具合に大工の女房に出世しましてね、それが木更津生れなのです」

その女の口からお島の過去が長助に知れた。

「成程、餅は餅屋だな」

長寿庵の暖簾を入った所に小文吾がすわっていた。

時分どきには早すぎるので、他に客はいない。

「お出で下さいましたんで……」

東吾と源三郎をみて、嬉しそうに小腰をかがめた。

「長助親分はお島さんを迎えに行って居ります」

「木更津の悴は……」

と東吾が訊き、小文吾が二階を指した。

「店先では話も出来なかろうということでして……」

その二階から長助の女房、おえいが下りて来た。手にお盆にのせた蕎麦を持っている。

「お昼《ひる》食がまだだって聞いたものですから、こんなものでもと持って上ったんですが、お腹《なか》がすいていないとおっしゃるんで……」

がっかりした顔で釜場へ去った。入れちがいに長助の悴の長太郎が茶を運んで来る。

「子供の頃に別れたおっ母さんに会うんですから、蕎麦も咽喉を通らないってところでござんしょうか」

自分も幼い時に母親を失ったという小文吾は、なんとなく鼻をつまらせている。

そこへ長助が戻って来た。背後にお島と文三がついてくる。

「どうも、お島さんが会いたくねえっていい出しまして手古ずっている所へ文三どんが来まして……」

酒を届けに来たのだったが、長助の話を聞いて、お島を説得してくれたという。

小文吾がお島に訊いた。

「なんだって、悴に会いたくないんだね」

お島が軽く首を振った。

「合わせる顔がねえですよ」

「そんなことはない。さあ、二階へ上って……」

小文吾が無理矢理、お島をうながして梯子段の下へ連れて行き、追い上げるようにして自分もついて行った。

「お島は酒を飲むのか」

東吾が文三に訊き、

「飲むというほどでもございません。茶碗に半分ほどで、お島さんのなによりの楽しみでございます」

文三は小さくなって答えた。

「いつも、お前が届けているのか」

「そんなことはねえんですが……。今日は余分の銭が入ったので……」

「松吉というのは、どんな男だ」

源三郎が長助に訊いた。

「たいして話をしたわけでもございませんが、漁師にしては大人しい男で、流石、母子で顔立ちもお島さんに似たところがありますんで……」

梯子段を小文吾が下りて来た。

「なんですか、奇妙な案配で……。二人ともあんまり嬉しそうでもねえんで驚きました」

小文吾は長年、別れて暮していた母子が再会して、抱き合って喜ぶか、泣くかといった光景を想像していたらしい。

「なまじっか、赤の他人が傍にいるんじゃ話しにくいと思って出て来たんですが……」

あれで話が出来るのだろうかと不安顔をしている。

「松吉というのは、母親を引き取るといって江戸へ来たのか」

東吾の言葉に小文吾は合点した。

「手前にはそう申しました。お上に御厄介をかけて申しわけなかったと……」

「お島さんは、お上に御厄介をかけているとは思いませんが……」

絞り出すような声で文三がいった。

「あの人は自分で稼いで自分の口を養って居りましたんで……」

「そりゃあそうだが……」

小文吾が文三を制した。

「あの年齢《とし》で、いつまでも今のような稼ぎは出来ない。天涯孤独ならともかく、実の子がいるんだから……」

「松吉の暮しむきはどうなんだ」

東吾が口をはさんだ。

「母親を引き取れそうか」

「女房と二人、子がいますが、浜で聞いた限りでは腕のいい漁師だそうで……女房は干物を作って売ったりしています」

決して豊かとはいえないが、老母一人を養えないほど貧乏とも思えないと小文吾はいう。

「お島はなんで子供を残して木更津を出たんだね」

長助が訊いた。

「俺にはなんにもいわねえんだが……」

「悴の話だと夫婦別れをしたんだそうで……」

亭主はやはり漁師で、お島のほうは、

「江戸から流れて来て、茶汲み女をしていたんだとか……」

惚れ合って夫婦になって、男の子が二人生まれたところで亭主に他の女が出来た。

「よくある話ですが夫婦喧嘩がこじれて別れ話になり、お島さんは上の子を亭主の所へ残し、下の子を連れて江戸へ去ったんだと松吉はいっていましたが……」

長助がふっと目を落した。

「そういうことだと、木更津には帰りにくいかも知れねえな」

小文吾が情なさそうな表情をした。

「ですが、母子じゃござんせんか」

「お島が連れてきた悴は、どうなったのだ」

と東吾。

「そいつは、松吉も知らねえといっていましたが……」

二階から松吉が下りて来た。

漁師だけあって、まっ黒に日焼けして肩も腕もがっしりしている。

「お袋が、帰らねえというんで……」

困った顔で告げた。梯子段をのろのろとお島が下りて来る。小文吾が走り寄った。

「木更津へ帰らねえのか」

お島が小文吾に手を合せた。

「後生だ。今まで通り、稼がせてやっておくんなさいまし」

長助が訊いた。

「あんた、下の子はどうしたんだ」

「死んだんですよ。江戸へ出て来て間もなくに……熱を出して一夜あけたら、もう……」

表情に悲しみの色はあったが、涙は浮べていない。

「昔むかしのことだがね」

「それなら、尚更、悴と木更津へ行ったほうがいい。折角、迎えに来てくれたんだ」

お島が横をむいた。

「その子には厄介になる気はねえです」

声の底に冷たいものが流れている。

すかさず、松吉がいった。

「それじゃあ、俺は木更津へ帰らしてもらいますで、お上にはそこんところを……俺は迎えに来たが、お袋が行かねえっていったってえことをいっておもらい申してえんで……」

誰も返事をしなかった。

松吉が臆病そうにあたりを見廻し、おそるおそるつけ加えた。

「まだ、何かあるだかね」

「ない」

と答えたのは源三郎で、

「其方の好きにするがよい」

きっぱりいい放った。

松吉が長寿庵を出て行き、お島は横をむいたまま、身じろぎもしなかった。

三

「どうも参ったよ」

「かわせみ」へ帰って来て夕餉の膳につきながら、東吾はお島の話をした。

「血を分けた親子でも、長いこと離れているとああなるのか、源さんも俺も、長助も小文吾も憮然としてしまってね」

当事者のお島は案外、さばさばした様子で文三に連れられて帰ったが、あとに残った男四人がやり切れないような気持になった。

「長助の内儀さんが気をきかせて酒をつけてくれたんだが、まるで酔えなかった」

改めてるいの酌で盃を傾けながら東吾がいうと、給仕にひかえていたお吉がしたり顔で応じた。

「そりゃあ若先生、お島さんにしてみれば、とても木更津へは帰れませんよ。いい思い出なんぞ、これっぽっちもないんでしょうし……」

「別れた御亭主はどうなりましたの」

新しい徳利を長火鉢の銅壺に入れながら、るいが訊いた。

「とっくに死んだんだと……」

「お島さんって方と別れたあと、お内儀さんをもらったんですか」

「その後妻も一昨年、死んだそうだよ」

流石に女は女らしい所に気が廻ると内心、東吾は舌を巻いていた。

松吉が去った後、小文吾はそういったことをお島に話して、なんとか気を変えようとしたが、お島は全く無反応であった。

「そういうことじゃあないと思いますよ」

しゃしゃり出たのはお吉で、

「やっぱり、悴さんにすまないって気持じゃございませんか。子供の時におきっぱなしにして出ちまって、母親らしいことはなんにもしてないわけですから……」

「しかし、小文吾はいっていたよ、どんな事情があろうとも、子は別れた母親を恋しがるものだとね」

「それは、永代の若親分がおっ母さんに死なれたからですよ。歿った人にはいい思い出しか浮ばないっていいますし……」

一向にひるむ気配がない。

「でも、世の中には別れたおっ母さんを恋しがって、いつか必ず廻《めぐ》り会いたいと探している人だってありますよ」

とるいは抵抗したが、

「廻り会うまではそうかも知れませんけど、実際、探し当てちまったら、いろいろと厄介が起るんじゃありませんかね。第一、親は、年々、老いて来る。病気もするでしょうし、ぼけもする。長年、一緒に暮して来たって長患いになれば愚痴の一つも出るもんです。それを何十年も音信不通で或る日ひょっこり、お前の親だってのが現われて、年をとったから面倒をみておくれといわれても困っちまうんじゃありませんかね。お内儀さんの手前だって、俺の親だから世話をしろっていいにくいもんだと思いますよ」

お吉の舌鋒は鋭くて、

「もう、そのお話はよい加減にしましょう。本当にお吉は悪いことしか考えないんだから……」

女主人はおかんむりになった。

そして数日後、東吾が木更津河岸を通りかかると、天麩羅の屋台が出ていて、なかなか繁昌している。

天麩羅は海老や魚、野菜などを適当な大きさに切って竹串にさして揚げるので、屋台の食物屋としてはけっこう人気があった。

東吾が足を止めたのは、その天麩羅屋が文三だったからで、商売が一段落するのを待って声をかけた。

「よく売れているな」

文三は眼を細くして東吾を眺め、慌てて頭を下げた。

「お島は元気か」

「おかげさまで、陽気がよくなりましたんで、あっちこっちのお寺さんで稼がしてもらっています」

「そうか、そりゃあけっこう……」

商売の邪魔をしないようにあっさり屋台の傍を離れて歩き出すと、どこにいたのか小文吾がとんで来た。

「せんだっては、あっしの早とちりで御厄介をおかけ申しました」

詫びられて、東吾は手を振った。

「お島のことなら、小文吾のせいじゃない」

「いえ、親父に叱言《かす》をくいました。人には各々、気持ってものがある。わけもわからずお節介を焼くなと……」

「全く世の中、人さまざまだな」

苦笑して、むこうの屋台の文三を眺めた。

「あいつがいろいろお島の面倒をみているらしいが……」

「文三と申しますのも、つらい身の上なんで……」

江戸へ兄を探しに出て来たのだといった。

「正直者で骨身惜しまず働きますんで、うちの親父が、その気があるなら奉公先を世話してやると申しましたんですが、盛り場で行商をしているほうが、兄《あん》ちゃんを探すのに具合がいいからってえことでして……」

「兄貴の居場所について手がかりはないのか」

「へえ、十年前に江戸へ出たというだけでござんす」

十年前というと、日本中が大凶作だった年だと東吾は思い出していた。

関東各地はもとより、東北からも食うに困った百姓達が仕事を求めて江戸へ押しかけて来て、町奉行所はその扱いに苦慮した。

「江戸に伝手《つて》でもあればまだしも、無宿人になっちまうと、果して江戸にいるかどうかわからんな」

ところで文三はどうやって江戸へ出て来て仕事にありつけたんだ、と東吾は訊いた。

江戸の就職事情も十年前とそう変ってはいない。

「あいつは上《かみ》の山《やま》の殿様の行列に、荷物持ちをさせてもらって出て来たんでさあ」

出羽国上の山は松平山城守三万石の城下である。

「あちら様は江戸をお発ちの時に、うちの親父が宰領して人足の手当をしますんで……」

「成程、その縁で文吾兵衛が面倒をみたのか」

「あいつは、十五にもならねえのに、お供の人足の誰よりも重い荷をかついだそうで、供頭様が感心して居なすったと聞いています」

それから五年、文三は江戸の盛り場で四季折々の商売をしながら、兄の行方を探しているのだという。

「なんとか廻り会わせてやりてえと思いますが、こればっかりは……」

夕風が足許を吹いて、東吾は小文吾に別れを告げた。

「かわせみ」へ帰って来ると帳場のところでるいと嘉助が文次郎と話をしている。

「お帰りなさいまし」

と嘉助が土間へ下りて来て、それがきっかけのように文次郎は東吾にも会釈をし、奥へ入った。

「田島屋さん、明日、お発ちなんですよ」

東吾の太刀を袖に抱いて居間へ向いながらるいがいった。

「また根性悪の番頭に何か嫌味でもいわれたのか」

立って行く時、若主人の目が少しうるんでいたようにみえて、東吾がいうと、

「いけ好かない番頭さんは今日も江戸のお名残りにお馴染さんの店へ出かけたみたいですけど、文次郎さんが涙ぐんでいたのは弟さんの話をしたからなんです」

「あいつ、弟がいるのか」

「故郷《くに》に残して来たそうなんですけど」

居間へ入ると東吾の着替えの入った乱れ箱を運んで来たお吉が、

「お気の毒ですよね。文次郎さん、江戸がこんな広い所だと思わなかったって……そりゃあ上の山や古河の御城下にくらべたら、公方様のお膝元なんですから……」

という。東吾が聞きとがめた。

「上の山だと……」

「はい、文次郎さんは今は古河の田島屋さんの若旦那ですけど、生まれは出羽の上の山なんですって」

着替えを手伝っていたるいもいった。

「あちらは十年前の大飢饉の時、村を出て江戸へ奉公に行こうとなすったそうですけど、その途中の宇都宮で偶然、田島屋さんの大旦那さんに出会ったんだそうですよ」

商用で宇都宮へ出かけた帰り、急にさし込みが来て路傍で苦しんでいた庄兵衛を助けて、医者の家を訊いて背負って行った。それがきっかけで、庄兵衛の供をして古河へ誘われ、結局、田島屋に奉公することになった。

「故郷を出る時、弟さんはまだ十《とお》で、両親はもう歿っていたそうですけど、おじいさん、おばあさんがお元気で、十年経ったら必ずまとまった金を持って帰って来るからと約束したんだそうですよ。弟さんが兄さんを慕って俺も一緒に連れて行ってくれというのを、お前はじいちゃん、ばあちゃんとしっかり留守をしろと泣く泣くなだめて……。村を発つ時、弟さんが一町先まで送って来て、兄《あん》ちゃん、兄ちゃんと呼び続けた声が、今でも耳の中にしっかり残っていると……」

お吉が泣き声になり、るいも襦袢の袖口を目にあてている。

「それで……どうしたんだ。弟は上の山にいたのか」

「いいえ、今年、田島屋さんへ聟入りが決って、すぐに使を上の山へやった所、文次郎さんが故郷を出てすぐにおじいさん、おばあさんがたて続けに患って歿り、弟さんは五年前に兄さんを訪ねて江戸へ出て行ったと……。今度、文次郎さんが江戸へ出て来たのも、その弟さんを探したいって気持があって、大旦那にお願いしてのことだったとか」

「わかった。文次郎の弟の名はなんというんだ」

「文三さんだそうです」

東吾の体が躍り上りそうにみえて、るいは眉をひそめた。

「貴方、どうなさいましたの」

「文次郎を連れて来い。俺は文三の居場所を知っているんだ」

お吉が兎のように、はね上り、体を丸くして部屋をとび出した。

四

暮れなずむ木更津河岸で、兄弟は出会った。

天麩羅を売り尽し、屋台をかついで帰りかけた文三は自分へ向って遮二無二走って来る二人をみつけた。

一人は若先生と呼ばれている大川端の「かわせみ」の主人、もう一人は、

「兄《あん》ちゃん……」

体の深い所から声が出た。同時にむこうが叫んだ。

「文三……文三ォ」

それは、少年の日、山へ柴刈りに行って離れ離れになってしまって、弟は兄を探し、兄は弟を求めて必死で呼び合った、その日の声そのままであった。

東吾は河岸のはずれに立ち止って二人を眺めていた。

二十五歳と二十歳になっている兄弟が子供のように抱き合って男泣きに泣いているのを、通りすがりの人々が不思議そうにふりむいて行く。

江戸橋の上に月が出ていた。

「かわせみ」に連れ立って戻って来た文次郎と文三は長いこと話をしていた。

るいが気をきかせて、二人分の膳を運ばせ、酒もつけた。

「お二人とも、盃一杯でまっ赤になっちまってるんですよ。それを二人して笑い合っ

て……」

お吉が知らせに来て間もなく、兄弟が揃って挨拶に来た。

「こちら様のおかげで、この広いお江戸の空の下で弟に廻り会うことが出来ました。どれほど有難く、なんとお礼を申してよいか言葉もございません」

文次郎が頭を畳にすりつけ、弟がそれに倣った。

「俺のせいじゃない。お前達の気持に感じて神仏がお助け下すったんだ。それにしても世の中、広いようで狭いとつくづく思ったぜ」

これからどうすると東吾に訊かれて、文次郎がきっぱりいった。

「明日、弟を連れて古河に戻ります。弟のことは義父《ちち》にも女房にも話してございますから、なんの支障もございません。とりあえずは田島屋で働いて、さきざき手前の力になってもらいたいと存じて居ります」

「そりゃあいい。この世で二人っきりの兄弟だ。力を合せていい一生を送るんだな」

「ありがとう存じます」

兄に送られて文三は深川へ帰った。

明日は辰の刻（午前八時）前に「かわせみ」へ来る約束になっているという。

「これから永代の元締の所にも挨拶に行って参ります」

「元締さんには、わたしもお礼を申し上げて行きたい。なんなら、明日、こちらを発ってから深川へお寄りしたいと思うから、お前から元締さんにお目にかかれるようお願い

って来た。


をしておいておくれ」

店の外まで出て、兄が弟に細かく指図をしているのを、「かわせみ」のみんなは微笑ましく眺めたのだったが、翌早朝、文吾兵衛と小文吾が文三を伴って「かわせみ」へやって来た。


嘉助が不審に思ったのは、文三が旅支度をしていないことだったが、文吾兵衛父子の表情も冴えない。

「申しわけございませんが、兄《あに》さんをこちらへ呼んで頂けますまいか」

文三がそっといい、嘉助はちょうど朝餉の膳を下げて来たお吉にその旨を伝えた。

待つほどもなく、文次郎が帳場へ出て来たが、その後から夜遊びで目を赤くした吉右衛門がついて来る。

「早かったね、朝の御膳はすませたのかい。まだなら、こちらにお願いして……」

いいかけた兄を弟が制した。

「兄ちゃん、勘弁してけれ」

お国言葉が文三を幼くみせた。

「俺は古河さ行ぐことは出来ねえ」

文次郎が仰天した。

「何故なんだ。もしや、借金でもあるなら、兄ちゃんが何とでもする。いったい……」

吉右衛門が文次郎の袖をひいたが、文次郎はふり払った。

「理由《わけ》をいうんだ。兄ちゃんはお前を連れて行くためには、どんなことだってする……」

文三の目から涙が流れ落ち、それでも文三は声をふりしぼっていった。

「勘弁してけれ。俺は江戸で働いて暮すで、兄ちゃんは古河で幸せになってけれ。俺は兄ちゃんに会えただけで……会えただけで、こんな幸せなことはねえと思っているでよ」

「文三、兄ちゃんと一緒に行くのが嫌なのか」

「嫌じゃねえ。嫌じゃねえ……」

「なら、兄ちゃんのいうことをきけ。兄ちゃんと来い」

「行けねえ」

「なんでだ」

「勘弁してけれ。兄ちゃん」

吉右衛門が面倒くさそうにいった。

「若旦那、早く発ちませんことには、古河まで十六里の長旅で……」

文次郎が番頭を睨みつけた。

「わたしは弟が行くというまで、江戸は発ちません」

「冗談じゃございませんよ。江戸での御用はとっくにすんでいるじゃございませんか。大旦那様も首を長くしてお待ちだというのに、こんなことでは、お供について来た手前の立場がございません」

「兄ちゃん」

文三が兄の膝にすがりついた。

「お願えだ。帰ってくれ。兄ちゃんの居所はもうわかっているで、会いたくなったら、いつでも訪ねて行くでよ。頼む。兄ちゃん、俺の好きにさせてけれ」

「文三……」

じっと聞いていた文吾兵衛が漸く口を開いた。

「文次郎さんとやら、お聞きの通りだ。文三さんには別に借金があるわけでもねえし、不義理なことも何にもねえ。ただ、ひとには口に出せねえいろんな思いがある。兄さんについて行けねえ文三さんの気持は、このわしにはなんとなくわかる。まあ、会えなかった昔ならともかく、こうして廻り会っておたがいの住み家《か》も承知した。文三さんのせりふじゃねえが、会いたいと思えばいつでも会える。ここのところは、文三さんのいう通り、ひとまず古河へお発ちなせい。文三さんのことは、及ばずながら永代の元締がおひき受け致しましょうわい」

文次郎が肩を慄わせ、弟を暫くみつめてから、文吾兵衛の前にぴたりと両手を支《つか》えた。

「弟が江戸へ出て参ってより、数々の御恩を受け、今また、こうして過分のお言葉をおかけ下さいます。お情に甘えて、おすがり申します。文三を、何分、よろしゅうお頼み申し上げます」

さわぎを知って出て来た東吾やるいにも手を合せた。

「弟を、文三をお願い申します。なにかございましたら、必ず手前にお知らせ下さいまし。なにはさておいてもかけつけて参ります」

「兄ちゃん」

文三が声を上げて泣き出し、その弟の手を兄が握りしめた。

「文三、兄ちゃんと行こう、行くか」

「勘弁してけれ、兄ちゃん……」

吉右衛門が土間へ下りて草鞋《わらじ》をはきはじめた。

「参りましょう、若旦那。皆さんもああおっしゃっているんですから……」

思いをふり切るように、文次郎が草鞋をはいた。

すべての人々に深々と頭を下げ、番頭の後から「かわせみ」を出る。

思いついたように、懐中から袱紗《ふくさ》包を出して送りに出た文吾兵衛に渡した。

「十両ございます。どうぞ、これを弟に……」

文吾兵衛がうなずくのをみて、漸く背をむけた。

女達はじっとすわったきりの文三の傍に集まり、男達は外へ出て文次郎を見送った。

豊海橋の袂でふりかえり、文次郎は再び、丁寧に頭を下げ、重い足取りで道を折れた。

「文三は、兄の立場を考えたんだな」

東吾がいった。

「自分がついて行くことで、養子の兄の立場が悪くなる。何かにつけて肩身がせまくなるのを心配したのかも知れないよ」

文吾兵衛が同意した。

「ああいう奉公人が何人も居りますんでしょうから……」

主人を主人とも思わない吉右衛門の態度は文吾兵衛にも苦々しく映ったらしい。

「田島屋さんは古河でも指折りの大店でございますから、そちらへ御養子に入れば、それなりの気苦労もありましょう」

嘉助が分別顔でいった。

「かわせみ」の暖簾の奥からは、まだ文三のすすり泣きが聞えている。

その月の十五日、八丁堀の道場の稽古を終えて、東吾が坂本町の通りまで来ると、木更津河岸がむこうにみえる海賊橋の袂に天麩羅の屋台が出ていて、その近くに文三らしい男の姿があった。

で、少しばかり近づくと、文三は一人ではなく、近くにお島がすわり込んでいて商売物の天麩羅をもらって食べている。

屋台に客はなく、文三は橋の手すりに寄りかかって空を見上げていた。

満月である。

煌々と白く輝く月の下には木更津河岸があった。文三が十年ぶりに兄と廻り会ったその場所である。

文三は兄と一緒に月見をしているつもりなのかと思い、東吾は声をかけず、今来た道を戻りはじめた。

秋の夜、天上の月の光は、どこまでも明るく冴えかえっている。

江戸を去りたくないといった文三の気持の中には、孤独なお島に対する思いやりも含まれていたのかと思い、東吾は足を八丁堀の兄の屋敷へ向けた。

今夜は何故か、兄の顔をみたい心境である。

月影の中を大股に歩いて行く東吾の後姿は、その昔、腕白仲間と遊びすごして、迎えに来てくれた兄の後から、照れくさそうについて行った時とちょっと似ていた。

あちゃという娘《むすめ》

一

明日は仲秋の名月という日に、兄からの使が来て、神林東吾は八丁堀の屋敷へ行った。兄嫁に迎えられて居間へ通ると、通之進は如何にも苦そうな薬湯を筒茶碗で飲んで居り、その前に麻生宗太郎がすわっている。

玄関から居間までの間に、兄嫁の香苗が何もいわなかったので、東吾はいささか慌てて、

「御病気ですか」

というと、

「たいしたことではない。このところ、あまり食が進まぬのを香苗が心配して、宗太郎どのを呼んだのだ」

飲み干した茶碗を香苗に渡した。

「たいしたことではない、ともいえませんよ」

医者の顔で宗太郎が訂正した。

「実は、麻生の義父上も同様なのですがね、夏の疲れが今頃になって臓器の働きを弱めているのです。然るべき手当をなさらぬと、後に禍根を残します」

「この苦い薬を朝夕に飲めというのか」

「無論です。御出仕はかまいませんが、どうでもよいようなお交際《つきあい》は御舎弟に代理させることですね」

通之進が苦笑して弟を眺めた。

「明日の夜、なんぞ用事があるか」

「ございません」

きっぱりした東吾の返事のあとから宗太郎がつけ加えた。

「東吾さんの用事というのは、ろくなことではありませんからね。せいぜい、畝どのの捕物の手伝いか、この夏などはちびどもを集めて毎夜のように肝だめしをやって、深川界隈の寺はけっこう迷惑したそうですから」

「なにをいうか。あれは八丁堀の道場の若い連中が発案して……」

「参加したいという人数が三十人にもなってしまったそうですね」

「あんまり大勢でぞろぞろ出かけては肝だめしにならんから、長助があっちこっちの寺に話をつけて……」

「日頃、東吾さんが贔屓にしている富岡八幡の掛芝居の連中が、一ッ目小僧だの大入道だのに扮して墓地の中をかけ廻ったんでしょう。深川っ子が面白がって見物に繰り出したというじゃありませんか」

「そうなんだ。あれには全く困った」

通之進が横をむいて笑い出し、香苗は袂で口許を押えて身をよじっている。

「なにも兄上の前で、そんなことをぶちまけることはないだろう。一番、大喜びしたのは宗太郎のところの花世なんだから……」

「麻太郎どのも勇ましかったようですよ。棒っきれをふり廻して、一本足のからかさを追いかけたそうですから……」

その麻太郎が素読の稽古から帰って来た。

「只今、戻りました」

とお辞儀をして、すぐに、

「父上、お加減は如何ですか」

心配そうに通之進をみる。

「宗太郎叔父様より薬を頂いたから、もう大事ないぞ」

と通之進が父親らしい声で答え、香苗が、

「麻太郎、皆様へ御挨拶が後になりましたよ」

母親らしく注意しているのを、東吾はいつものことながら、胸の底を熱くしながら聞いていた。

「東吾叔父様、宗太郎叔父様、ようこそお出でなさいました」

この夏、また背が伸びて、着物の裄丈《ゆきたけ》が短くなっている。よく陽に焼けて、みた目には腕白小僧だが、兄嫁の躾が行き届いているせいか、立居振舞は見事なほどしっかりしている。

それでも、まだ子供は子供で、宗太郎がいったように、夏の肝だめしの夜、夢中になってからかさのお化けを追いかけていた姿が思い出されて、東吾は自分の少年時代と重ね合せ、照れくさい気持がした。

「兄上、宗太郎が申しますように、手前で代役の務まる御用がございましたら、なんなりと仰せつけ下さい」

気を取り直して東吾がいい、通之進がうなずいた。

「すまぬが、明日の夜、高嶋どのの御先代の法要がある」

神林兄弟の亡父の知人で、三百石取りの旗本だった人だが、生前、大層な趣味人であった。

それ故、十三回忌の法要を繰り上げて、月見旁《かたがた》客を招いて供養をしたいといって来ている。

「月見は柄《がら》に合いませんが、高嶋どのの御跡継ぎならよく存じ上げています。兄上の代りに線香を上げて参りましょう」
「高嶋どのの法要なら、実はわたしも義父上の代理で行くのです
ら、おたがい無風流でも、なんとか庇い合ってごま化せそうですね」東吾さんと一緒な
宗太郎が嬉しそうにいい、東吾は帰りがけに兄嫁から代理で持参すの包をあずかった。
で、翌日は軍艦操練所から帰って来ると近くの髪床へ行って月代《さかやき》をあたい意しておいた紋服に着替えて「かわせみ」を出た。
本所の麻生邸へ行くと、宗太郎も身支度の出来たところで、
「今日は大事な御用でお出かけですから、あなた達の相手をして頂くわけにはま
せんのですよ」
と母の七重に釘をさされ、怨めしそうな顔の花世と小太郎を残して玄関を出た。
秋の陽は釣瓶《つるべ》落しというように、男二人が新大橋を渡り切る中に四辺が暮れなずみ、
今夜招かれている柳橋の「巴川」へ到着した頃には門灯にあかりが入った。
「巴川」の座敷は大川へ向けて広く開け放たれ、二階の縁側に立つと遥か川下の上まで
空が見渡せる。
客の数は三、四十人、各々、床の間に飾られた故人の位牌に焼香すると、世話人に案
内されて席に着く。
精進料理の膳が運ばれ、酒も出た。

「精進料理というのは、坊さんが苦労して旨いものを食べたいと頭をひねって考えただけあって、なかなか美味ですね」

と宗太郎がいうように、豆腐を蒲焼風にしたり、季節の野菜を餡かけにしたりと工夫をこらしたものが多い。

やがて月が上った。

宴席は賑やかになり、酒の進み具合も早くなった。

東吾がさりげなく眺めていると、女中頭らしい女が細やかに気をくばって酒の足りないところには新しい徳利を、飲めない客には茶をと女中達に指図をしている。

その女中頭が宗太郎をみかけると、急いで傍へ来た。

「おみえになっているのに気がつきませんで。とんだ不調法を致しました」

丁寧にあやまって酒を勧める。

「御隠居は、その後、如何か」

宗太郎が訊き、女中頭は、

「先生に頂いたお薬が効きまして、随分とよくおなりのようでございますが、お部屋に閉じこもって、外へお出かけなぞはなさいません。陽気もよくなったので、物見遊山にお出かけになってはなぞと若旦那が勧めていらっしゃいますが、気におなりではないようで……」

と答えた。

「あまり、強く勧めるのはかえってよろしくない。それよりも、まず手近かな所で、何か気をまぎらすことが出来るとよいのだが……」

宗太郎がいいかけた時、若い女が傍へ来た。

「おっ母さん、板前さんが呼んでますよ」

女中頭が眉をしかめた。

「まあ、お前、お客様の前では、おっ母さんって呼んじゃいけないっていってるのに……」

「だって、お姐さんだの、おみのさんだのって、おかしくて呼べないよ」

首をすくめて逃げて行った。

「娘なんですよ。女中が一人、急にやめちまったものですから、いそがしい時だけ手伝いに来てるんですけど、口のきき方も満足に出来ませんで……」

そそくさと詫びをいって女中頭が立って行ってから、東吾が宗太郎をみて笑った。

「どうもお安くないな。ちょっと渋皮のむけたいい女じゃないか」

「おみのさんなら、もう四十を過ぎていますよ。この店では最古参でね。働き者でよく気がつくから、主人夫婦は重宝にしていますがね」

春の終り頃から「巴川」の隠居を診ているのだといった。

「どこが悪いんだ」

「強いていうと、心の病気ですね」

宗太郎は声をひそめたが、まわりは各々、勝手に談論風発といった感じで、二人だけでさしつさされつしている東吾と宗太郎の話に聞き耳を立てる客はいない。

「隠居は彦兵衛というんですが、三年ほど前に……これはこのあたりの者はみんな知っていることですが、女房の弟に当るのにそそのかされて、つまらぬ儲け話に大枚の金を出し、結局、損をした分を取り返そうと深みにはまってしまいましてね」

一時は「巴川」の店まで売りに出すのではないかと噂がとんだが、

「いい具合に口をきいてくれる人があったとかで……それでも持っていた家作なんぞは残らず手放して、一生かかって貯えたものを全部、失ってしまったそうなのです」

もう酒は飲まず、飯に茶をかけてさらさらとかき込みながら、宗太郎は話した。

「御亭主をそんな窮地におとし入れたのが、自分の弟というので、お内儀さんも心労が重なったんでしょう。事件がすんで間もなく脳卒中を発してあっけなく歿りました」

彦兵衛の様子がおかしくなったのは、そのあたりからだったが、家族はみんな、女房を失った衝撃で急に老けたせいだと思っていた。

「どこが痛いという病気ではありませんのでね。要するになにをするにも気力がなくなり、億劫《おっくう》になる。鬱々《うつうつ》として楽しまなくなるんです」

「それが病気なのか」

「れっきとした病気です。漢方にも古くからあるのですが、なにしろ、痛くも痒くもありませんから、当人ですら病気と思いません。はたの者は尚更でしょう」

「放っておいて治らないのか」

「治りません。悪化すると自殺します」

東吾が口許まで持って行った盃を膳の上へ戻した。

「治す方法はないのか」

「ないこともないのですが、長くかかりますし、効果がはかばかしくないので当人も不安になる。医者のほうも自信がなくなって来たりして、結果はよろしくありませんね」

「厄介な病気じゃないか」

「そうです。厄介で怖《おそろ》しい病気なのですが、世の中では、あまり認められて居りません。当人が気持をしっかり持てば、そんな病気はふっとんでしまうという医者もいますからね」

宴席ではあまりふさわしくない話をしている所へ、さっきの女中頭が来た。

「麻生先生、申しわけございませんが、先生がおみえになっていらっしゃることを、若旦那に話しましたら、ちょっとお帰りに隠居所のほうにお立寄り下さって、病人を診て下さいませんかとお願いしてみるようにいわれまして……」

宗太郎が気軽くうなずいた。

「いいですよ。もう飯も終りましたから、これから寄りましょう」

東吾さん、とうながされて、東吾もなんとなく立ち上った。

位牌のおいてある部屋へ行って、高嶋家の人々に挨拶をして出て来ると、女中頭のおみのが待っている。

案内されたのは店の裏側にある建物で、猫の額ほどの庭を抜けて行くと、いきなり若い女の声が聞えた。

「いけないよ。どこへ行くの。御隠居さん、駄目だってば……」

ばたばたと走る音に木戸の開くのが重なった。宗太郎が走り出し、東吾とおみのがその後に続く。

木戸を出た所は路地で、行く手に大川がみえる。川っぷちで若い女が老人を抱き止めていた。ずるずると女をひきずるようにして老人は川へとび込もうとする。

宗太郎と東吾が同時に走り寄って老人を押えた。年寄とは思えない力で暴れるのを東吾が利き腕を摑んで軽くひねると、

「痛い」

と悲鳴をあげる。すかさず、背にかつぐようにして木戸の内側に押し込んだ。

「あちゃ、いったい、どうしたのさ」

おみのが娘へ叫び、あちゃと呼ばれた娘は口をとがらせた。

「あたいは何も知らないよ。若いお内儀さんが、御隠居さんにお医者さんが来て下さるっていいに行けっていうから、そこまで来たら、いきなり御隠居さんが部屋からとび出して来てさ」

宗太郎が母娘を制した。

「静かに。まず、隠居を部屋へ運ぶ。布団を敷いて……決して騒ぎ立てるな」

てきぱきと指図をしている宗太郎の声を聞きながら、東吾は老人を眺めた。

力のない眼を伏せ、唇を慄わせながら、彦兵衛はひたすら呟いている。

「死にたい。死なせてくれ」

二

それから十日ばかり経って、東吾が講武所から帰って来ると、居間に麻生宗太郎がいて、せっせと飯を食っている。

午餉《ひるげ》には遅すぎる八ツ下り（午後二時過ぎ）で、そんな時刻に宗太郎が「かわせみ」に寄るのは、何軒かの患家を廻ったり、或いは急患で出かけて行き、午餉を食べそこねた時と、「かわせみ」の女達は承知していて、宗太郎がなにもいわなくても、すぐに食事の用意が出来る。

「名医というのも楽じゃないな。午飯は食いそこねる、おかしなじいさんの身投げさわぎには巻き込まれる……」

次の間で着替えをしながら東吾が冗談半分、内心はこの親友が体をこわしはしないかと心配になりながら声をかけると、大きな飯椀で好物のとろろ汁を旨そうに吸い込みながら宗太郎が眼許を笑わせた。

「その節は東吾さんにも御厄介をかけましたがね。幸い、彦兵衛の病気に関しては、頼う。

もしい援軍が出来ましたよ」

「名医の助っ人が現われたのか」

「あちゃという娘を憶えているでしょう」

給仕にひかえているお吉に二杯目のとろろ汁を、今度は麦飯にかけてもらいながらい

「おみのとかいった女中頭の娘だろう」

「流石に東吾さん、女の名前は忘れませんね」

「うちの内儀さんを焼かせようったって無駄だよ。死にたがり病のじいさんの件は洗いざらい話してあるからな」

るいが東吾のために茶の支度をしながら、宗太郎にいった。

「世の中には、本当に怖しい病気があるものでございますね」

さらさらと飯をかき込み、手拭で口許を拭き、宗太郎がうなずいた。

「あの病気には気分が変るのが効くんです」

「あちゃという娘が、何かやったのか」

と東吾。

「気になりますか」

「勿体ぶるなよ。宗太郎の悪い癖だ」

「あちゃなんて名前、変ってますね」

お吉が口をはさんだ。

「なんだか、茶化したみたいな……」

「坊さんがつけたんだそうですよ。なんでも由緒のある名前で、その昔、権現様の御愛妾に阿茶局《あちゃのつぼね》という人がいたんだとか……」

浅漬の大根をばりばり嚙みながら、宗太郎の口は、話すのと食べるのとで忙しい。

「その、巴川の女中頭の娘のあちゃをですが、彦兵衛隠居が気に入りましてね。それまで身の廻りの世話をしていた女中を追っぱらって、あちゃを小間使にしました」

「あの隠居、七十だろう」

「七十、八十でも若い、可愛い娘は気に入ります」

「好かない爺いだな」

「東吾さんだって、やがてそうなります」

「なにを馬鹿な……」

「あちゃのやり方がいいんですな。老人を決して甘やかさない。隠居のいうことを御無理ごもっともですまさない。いいたい放題ぽんぽんやっつけるかと思うと、親切に世話をする。わたしもみていて感心したのですがね。世話をするのが楽しそうなんですよ」

「あんな若い娘が、年寄の世話をするのを楽しむものか」

「まあ、普通はそうでしょう。年寄の世話は本来、重苦しいところがある上に、口もきかない、陰気な病人となったら、誰でも相手をするだけでうんざりするものですがね。

あちゃは、なんというか、面白がっているみたいにみえるのですよ。昨日もわたしが寄った時、どこそこの寺の萩がきれいだから見に行きましょうといっていたかと思うと、いきなり、台所をのぞいて猫が魚を取ったと大さわぎをする。隠居が一緒になって猫を追い廻し、果てはあちゃと二人、はあはあ息を切らしながら水を飲んでいる。これは、なかなかにいいことなんです」

「気がまぎれるってことか」

「それも、ごく自然にってところが大事です。看護人はなんとか病人の気をまぎらわそうといろいろなことをいうのですが、大方が失敗します。要するにとってつけたような話になるので、自然ではないせいですね」

るいが眉をひそめた。

「でも、難かしいことでございますね」

「あちゃという子は天衣無縫なのがいいのかも知れません。あの子には老人に親切にしようという真心みたいなものがあるのですよ」

飯の後に、お吉から、

「とろろ汁にお茶を飲むと中風になるといいますから……」

と白湯《さゆ》をもらい、神妙な顔で飲み干してから、宗太郎は重そうな薬籠《やくろう》を提げて、そそくさと帰って行った。

「あいつ、けっこう若い女が好きなんだな。あちゃみたいな小娘のことを、えらく持ち上げやがって……」

東吾は憎まれ口を叩いたが、女達の関心は宗太郎の話の中に出て来た萩の花の寺のことで、

「あれは、きっと、萩寺のことでございますよ。長助親分も、ぼつぼつ見頃だと申して居りましたから……」

お吉が熱心に喋り出し、花好きのるいが、

「萩寺というのは亀戸村の龍眼寺のことでしょう。あちらのお寺には聖徳太子様の本物の髪の毛を植えたという御像があると聞きましたが……」

太子像は子供の守り神様だから、千春も連れておまいりに行きたいなぞと聞えよがしにいっている。

折柄、昼寝から起きて来た千春が、

「お母様、なんのお話……」

なぞと、るいに甘えているのをみると、とうとう知らぬ顔も出来なくなって、

「わかった。二、三日中に、天気がよかったら亀戸まで行ってみよう」

と約束させられた。

出かけたのは二日後のことである。

こうした話になると女どもは手廻しがよくて、ちょうどいい時刻に深川の長寿庵の長助が、

「花見にはおあつらえむきの上天気で……」

人のいい顔で帳場に顔を出す。

「気をつけて行ってお出でなさいまし」

毎度、留守居役の嘉助に見送られて、千春を抱いた東吾にるいとお吉、長助がついて賑やかに「かわせみ」を出る。

豊海橋の袂に長助が用意した屋根舟が待っていて、一行が乗り込むとすぐに大川へ出た。

新大橋の手前から小名木川へ入って暫く行くと左手が麻生家の屋敷で、その先の橋の袂で花世が舟へむけて手を振っている。で、心得て船頭が岸辺へ舟を寄せるとすぐ、花世がかけ寄って来た。

「長助親分が昨日、うちのお父様とお話しているのを聞いたので、花も一緒に行きたいとお母様のお許しをもらって待っていたのです」

という傍から、ついて来た乳母が、

「申しわけございません。もし、お舟がここを通らなかったら、あきらめるというお約束でお待ちして居りましたので……」

長寿庵へ知らせをやったが、長助は「かわせみ」へ出かけた後だったらしい。

「お母様がなかなかよいとおっしゃらないので、おじい様にお願いしたら、よいから行きなさいとお許しが出ました」

ちゃっかり、東吾に抱き下してもらって、花世は嬉しそうであった。

「お前さんは強運の持ち主だよ。帰りは送って行くからと、奥方様に伝えてくれ」

東吾の言葉に乳母は丁寧に頭を下げ、岸を離れて行く舟をいつまでも見送っている。

花世は早速、袂に入れて来たお手玉を取り出して、千春と遊びはじめ、女達は秋の陽のこぼれ落ちる川面へうっとりと眼をやっている中に、舟は横川を越え、横十間川へ入って左に折れた。

江戸で萩の花見に人々が集まる所といえば、この近くでは亀戸天神の境内や向島の三囲《みめぐり》社、それに寺島の百花園や下谷の正灯寺などが有名だが、なかでも龍眼寺は萩の木の数が多く、庭も見事だし、休み所として茶店の用意もあるところから、とりわけ人気があった。

舟が近づくにつれて、岸辺の道は行楽の人の数が増えている。

龍眼寺の前の舟着場で下り、舟を待たせておいて「かわせみ」一行は参詣人にまじって寺の門をくぐった。

境内は見渡す限り萩の花であった。

庭の目立つ所に芭蕉の句碑が建っている。

濡《ぬれ》て行人《ゆくひと》もをかしや雨の萩

の文字は、芭蕉門下の溝口素丸《そまる》の染筆で、この人は幕府御書院番をつとめた五百石の旗本でもあった。

「かわせみ」一行はそうした来歴についてはあまり関心がなくて、境内を一巡して花を見物すると、忽ち、花より団子の気配で茶店へ腰を下す。

各々に団子やら饅頭やらを注文して一服していると、老人を伴った若い女がしきりに東吾を眺めているのに、まずお吉が気づいた。

「なんですかねえ。あの娘さん、うちの若先生のことばっかり見てますけど……」

といわれて、東吾はそっちを眺め、

「なんだ。あちゃじゃないか」

つい、声が出た。

あちゃが立ち上り、老人に何かいって、こちらに近づいた。

「麻生先生のお友達の先生ですね。この前、巴川でお目にかかりました」

「一緒にいるのは彦兵衛か、見違えたよ」

夜ではあったが、昼のような明るさの月光の下でみた彦兵衛は目がうつろで、幽鬼のような顔にみえた。今、秋の陽を浴びて茶店のすみにいるのは、如何にも裕福な好々爺の印象である。

あちゃがかけ戻って彦兵衛に何かいい、彦兵衛も立ち上って一緒にこちらへ来た。足許も思いの外、しっかりしている。

「その節は御厄介をおかけ申したそうで、お恥かしいことですが、手前は何もおぼえては居りません。どうやら、悪い夢でも見ていたようでございまして……」

あちゃがいった。

「心配することはないよ。こちら様は元気になってよかったといって下さってるんだからね」

東吾に会釈して彦兵衛と元の場所に戻る。

新しい茶をもらって飲ませ、手拭を出して口許を拭けと勧めているのが、孫娘と祖父のような感じであった。

そこへ若い男が来て、あちゃに声をかけた。

豆がはじけるように、あちゃが男の傍へ行く。

男の背後に中年の夫婦者が立った。どうやら若い男の両親らしい。

あちゃがその三人を彦兵衛の所へ案内し、彦兵衛も挨拶している。

やがて、五人が一緒になって茶店を出て行った。

入れかわりのように、麻生宗太郎が茶店へ来た。

萩の咲いている庭を、こちらに背をむけて歩いて行く五人を少々、見送るようにしてから東吾達の席へ来る。

「大方、ここではないかと思いましたよ」

手を叩いて小女を呼び、茶と団子を注文した。

「今むこうへ行ったのは、彦兵衛とあちゃですよ」

東吾が笑った。

「知っているよ。俺に挨拶に来た」

彦兵衛が人相まで変るほど元気になっているのに驚いたというと、宗太郎が苦笑した。

「それが、近ぢか嫁に行くらしいのですよ」

あら、ま、と声を出したのはお吉で、

「もしかすると、さっきの若い人がお相手じゃありませんか」

という。

宗太郎がやや大袈裟に感心してみせた。

「流石にお吉さんは目が早いですね。一緒に帰って行ったのは薬研堀の菓子屋で桔梗屋という店の主人夫婦とその倅ですよ」

「一目でわかりますよ。あの若い男の人が声をかけたら、娘さんの顔がぱあっと輝いたみたいにみえましたからね」

「その昔のおるいさんがそうだったからですか」

宗太郎がそそのかし、

「図星でございますよ」

嬉しそうに合点したお吉は、

「子供の前で、なんということを……」

るいにちょっと睨まれた。

「桔梗屋の倅で伊太郎というのですがね。わたしも知らなかったんですが、だいぶ前からあちゃといい仲だったそうですよ」

団子をつまみながら、宗太郎が話し出し、るいは、

「お池の鯉をみて来ましょう」

千春と花世の手をひいて茶店を出て行った。

「お前は医者のくせに無神経だな。子供の前で、なんて話をはじめるんだ」

女房の後姿を眺めて、東吾が憮然としたが、宗太郎のほうは、一向に平気で、

「うちの奥方も、おるいさんと同じように、わたしが色恋の話を子供の前で話すのを嫌がるんですがね。どっちにしたってもう十年もすれば否応なしにそっちの苦労をすることになる。早く馴らしておいたほうがよいと思いますよ」

それでも多少、照れくさそうに茶を飲んだ。

「それで、伊太郎さんとあちゃさんの縁談てのは、まとまったんですか」

話をうながしたのはお吉で、

「あちゃさんのおっ母さんは巴川で働いていなさるんでしょう」

暗に女中の娘と菓子屋の跡取の縁談は身分違いだといっている。

「母親が女中というだけならまだしも、あちゃという娘は父親が知れない。要するに子が出来たのに、男のほうが逃げちまったという奴でして……桔梗屋のほうは親が乗り気

ではなかったようですね」

「悴が説得したのか」

「あちゃの評判が高くなったからですよ」

あちゃが献身的に看護するようになって、彦兵衛がみるみる中に元気になった。

「今時、あんなに年寄に対して面倒みのよい娘は滅多に居るまいというんで、あの界隈じゃ、急にあちゃの株が上ったそうです」

黙って聞いていた長助が分別臭くいった。

「この節、悴の嫁が年寄を大事にしねえって話が増えてますからねえ」

「桔梗屋の親御さんも考えたんですねえ。下手に反対して、それでも悴が嫁に迎えたら、年をとってから嫁に邪慳《じゃけん》にされるんじゃないかって。そりゃそうですよ。近頃の娘さんは気が強いから、嫁いびりをされたら、親が体を悪くしてから敵討にいびり返すんだといいますもの」

「おっかねえ世の中だな」

さらりと笑い捨てて、東吾が宗太郎に訊いた。

「祝言は近いのか」

「まあ、三年越しの仲だそうですから……」

若くみえるが、あちゃはもう二十歳になっていると宗太郎がいった時、るいが子供達と茶店へ戻って来て、その話はそれっきりになった。

三

九月になって江戸は雨が続き、気温が下って、はや冬支度かと人々を慌てさせたが、それも四、五日のことで、再び、穏やかな秋日和になった。

神田明神の祭礼も間もなくという日の夕方、東吾は軍艦操練所の上役に呼ばれて、下谷の屋敷へ出かけた。

用件は軍艦操練所における東吾の身分で、十月から教官並を仰せつけられるというものので、但し、そうなると今までのように講武所教授方とかけもちというわけには行かないから、そのあたりは上役の間で話し合いをつけ、軍艦操練所専任となるのを諒承してもらいたいといわれた。

「打ちあけて申すと、この件に関しては軍艦奉行どの講武所奉行どのとの間で内々にて了解がつけられて居る。また、其方を講武所へ推挙した方々にも内諾を得ている故、斟《しん》酌《しゃく》は無用じゃ」

実をいうと数日前に東吾は剣の師である斎藤弥九郎に呼ばれておおよその話を聞かされていた。

「男谷信友どのにいわれて、其方を推挙されたしと願った頃と今の講武所とは、随分と変ったようじゃ。それにひきかえ、軍艦操練所では其方の資質をよく見抜き、心にかけて下さる由、これは、お上の指示に従ったほうがよいとわしは思う」

はっきり勧められていたことでもあった。

第一、東吾のような身分の者が教官並という地位に抜擢されるのも、少し前の時代から考えれば破格であった。

で、御礼を申し上げ、何事も御指図のようにと返事をして退出した。

たしかに、このところ、講武所は上役の間で内紛が多い。東吾自身はそれに巻き込まれないよう用心して来たが、けっこうわずらわしいという気持もあった。

斎藤弥九郎がいったように、いい機会かも知れないと思う。

けれども、講武所には東吾を師と仰ぎ、研鑽を重ねて来た弟子達も少くないので、彼らのことを思うと、内心は複雑でもあった。

柳橋の袂まで戻って来た時、東吾は花嫁行列を見た。

この季節、嫁入り聟取りは珍しくもないが、嫁入り道具の数々が長く続き、見物人が長持の数をかぞえて感心している。

「若先生」

と背後から声をかけられた。

柳橋の福田屋という料理屋の女主人で、この店はよく講武所の連中が集まるので、東吾も馴染であった。

「このところ、講武所の先生方はよくおみえ下さいますのに、神林先生はお出かけ下さいませんね」

挨拶されて、東吾はさりげなく笑ってやりすごした。

「あの花嫁行列は大層、豪勢だな」

話をかわすつもりでいったのだが、

「あれは平右衛門町の大黒屋の娘さんが薬研堀の桔梗屋さんへ嫁入りなさるんですよ」

と聞いて、耳を疑った。

「待ってくれ。桔梗屋の倅というと……」

「伊太郎さんですよ」

「伊太郎の相手はあちゃという娘じゃなかったのか」

「巴川の御隠居さんの小間使をしている子のことでしょう。そんな噂もありましたけど、身分が違いますからね」

大黒屋といえば両替商だが、この界隈では五本の指に入る資産家だと、福田屋の女主人は首をすくめるようにした。

「おまけに、お糸さんというのは器量よしで気だてがよくて、桔梗屋の若旦那は男冥利に尽きるのじゃありませんか」

花嫁行列は薬研堀の方角へ進んで行き、東吾は福田屋の女主人と別れて柳橋を渡った。

吉川町の角に「ちもと」という菓子屋がある。そこの打菓子がるいの好物なので買って行こうかと足を止めると、店の前に、

「本日は後《のち》の月見、兎餅、月見饅頭」

と張り紙が出ている。

店へ入って打菓子の他に月見饅頭を買った。

今夜は九月十三日、晩秋の観月の夜であった。

この頃の習俗で八月十五日に月見をして九月十三日に観月をしないのを片見月といって忌《い》む。

無論、「かわせみ」では月見の支度が出来ているに違いない。

菓子包を手に店の外に出て、東吾は目をこらした。

道のすみに、あちゃがたたずんでいた。

じっとみつめている先は広小路のむこうに遠くなって行く花嫁行列であった。

泣いているのかと、東吾はあちゃの顔を窺ったが、涙は流れていなかった。ただ、青白い月光の下に化石したようなあちゃの姿からは異様な雰囲気が感じられる。

あちゃが歩き出し、東吾はなんとなくその後を尾けた。

路地に面した木戸を開けて、あちゃが入って行く。

そこは「巴川」の隠居所へ通じる入口であった。

東吾は開けっぱなしの木戸の所から、なかを覗いた。

入ってすぐの所に井戸がある。

その先が勝手口のようであった。そこの戸も開けたままである。

どうしたものかと東吾が迷っていると、勝手口からあちゃが出て来た。

東吾が息を呑んだのは、あちゃの手に出刃庖丁が握られていたからである。

井戸端へ行って、あちゃは水を汲み上げた。

近くの棚から下したのは砥石《といし》である。

両袖をまくり上げて、あちゃが出刃庖丁を研ぎはじめた。時折、桶から水を打ち、力をこめて刃を石にすりつけている。

月光が、見る者の心を凍らせそうなその光景をくまなく照らし出している。

東吾はそっと木戸を内側から閉めた。こんなあちゃの姿を誰にも見られてはならないと判断したからだったが、僅かな音に、あちゃが身を固くした。

猫が毛を逆立てたという感じであった。

「誰だい」

低く叱咤する。月光の中に東吾はふみ出した。

「あんた……若先生……」

出刃庖丁をぐいと握りしめた。明らかな殺気が夜の中を走る。

「そこで、お前をみかけたんだ」

東吾の声は穏やかで、この男独特の明るさがあった。

「今夜、月見だが、饅頭は買ってあるのか」

あちゃの体に戦慄が通り抜けた。

「仲秋の月見をして、後の月見をしないと縁起が悪いんだぞ」

東吾が空を仰いだ。

そこに、丸い月が出ていた。

「いい案配に晴れたな」

ぐすっとあちゃが鼻水をすすり上げた。

「口惜しい」

と声が洩れて、身を揉むようにして泣き出した。

「口惜しい、口惜しい、口惜しい」

東吾は井戸端にあった漬け物石らしいのに腰を下した。黙って泣く娘をみつめている。

暫く泣いて、あちゃが顔を上げた。

「いてくれたんですか、そこに」

東吾を見た目が優しくなっていた。

「一人で月見じゃ寂しいだろう」

あちゃがはじめて月を眺めた。

「きれいな月だね」

「十三夜も悪くないな」

満月より風情があると東吾はいった。

「もう少し待っていれば、もっと丸くなるってところが、俺は気に入っている」

かすかにうなずいて、あちゃが泣いた目を細くした。

「若先生って、面白いことというんだね」

東吾の脇へ来て、しゃがんで空へ顔を向けた。

「九月の月見のお月さんはかわいそうだと思ってた。満月にならない中に月見だなんて。でも、若先生みたいに考える人もいる」

ちらと東吾の横顔をのぞいた。

「あたいがなんで庖丁研いでたか、わかる」

「切れ味が悪くなったからだろう」

絶句したように、あちゃが黙った。そのまま、足許の小石を拾って軽く投げる。

「なんだか、気が抜けたよ」

「そうか」

「殺してやりたいほど腹が立ったのさ」

「伊太郎のことなら、あいつは底抜けの大馬鹿者さ。女の目利《めき》きにしくじった。ま、ろくな男じゃない」

「知ってたんだよ、あいつがあたいとお糸をかけもちにしてるのは……だから、いいとこ見せようとして、ご隠居さんの面倒みたんだけど……」

ちょろりと赤い舌を出した。

「そういう下心があったから、あたいはしくじったのかね」

「下心だけでは、親切は行えないよ。宗太郎がいっていた。あんたの親切には真心がある。だから彦兵衛は元気になったんだ。付け焼刃の親切じゃ、ああは行かない」

「年寄は嫌いじゃないんだ。あたいはおっ母さんが働いていたから、じいちゃん、ばあちゃんに育てられたんでね」

「じいちゃん、ばあちゃんは元気か」

「もう二人とも死んじまった。でも、今でもよく思い出すよ」

「そりゃあいいなあ」

菓子包を開いて、月見饅頭を一つ取り、残りを渡した。

「俺も一つ食うから、お前も食うといい。残りは仏壇に上げるんだな」

「そうするよ」

饅頭を嬉しそうに食べた。

大地を僅かな風が渡って、夜はひっそりしている。

「若先生は、どこからあたいを尾けて来たの」

「吉川町のちもとの前からだ」

「あたい、鬼みたいな顔してた」

「人は思いつめると、ああいう顔になる」

「今のあたいは……」

「いつものあちゃだよ。それが本当のあちゃの顔だ」

あちゃが鼻を鳴らして、小さく笑った。

「若先生が尾けて来てくれてよかったよ」

「多分、お前のじいちゃん、ばあちゃんが、俺について行ってやってくれと頼んだんじゃないかな」

「そうだ。きっと、そうだ」

笑顔が更に優しくなった。

「さてと、俺は帰るよ。いつまでもここにいると、お前に夜這いをかけに来たと間違われそうだからな」

あちゃが東吾の肩を叩き、泣きそうな目をした。

「また、巴川へ来てよ。そしたら、あたい、お店のほうへ行くから……」

「隠居を大事にしてやれ」

「ああ、そうする」

井戸端へ行って出刃庖丁を拾い上げた。

「骨折り損のくたびれもうけだ」

「明日、魚を下《おろ》す時、気をつけろよ。いつものつもりでやると指を切るぞ」

「そうだね。忘れないようにするよ」

東吾が木戸のところでふりむくと、あちゃは鼻歌を歌いながら、勝手口を入って行った。

広小路を抜け、東吾は元柳橋にある船宿から舟を出させた。

薬研堀のふちを舟が行く時、長持歌が聞えて来た。

「桔梗屋さんじゃ、今夜、若旦那の祝言でござんしてね」

東吾の顔を知っている船頭がいい、東吾は、月へ目を上げた。

やがて新大橋を越えると大川は月の名所の三《み》つ俣《また》にさしかかる。

十三夜の月は、いよいよ明るく冴えかえっていた。

冬《ふゆ》の桜《さくら》

一

十月になって、江戸は降りみ降らずみの天気が続き、気温は日ごとに下った。

その日、神林東吾が軍艦操練所の勤務を終えて外へ出ると、雨は上っていたものの大気は冷えたままで、大川からの風が頰を射すようであった。

築地本願寺の脇を抜けて大川端町へ帰る道々も通りすがりの人々は、みな肩をすくめ急ぎ足であった。

つい先月、神田祭で沸きかえっていた江戸の町がひっそりした冬景色に変っている。

どうも、最近、月日の経つのが早くなったと思いながら、東吾は苦笑した。

数日前に同じことを「かわせみ」の老番頭である嘉助にいったところ、

「若先生なんぞ、まだまだでございますよ。手前の年齢になってごらんなさいまし、一年が廻り燈籠のように、くるりくるりと消えて参りますよ」

と笑われたのを思い出したからである。

子供の時は、一日の終るのが矢鱈と長かった。

年玉をもらうのが楽しみで、早く正月になれと指折り数えても、暦はなかなか進まず、剣術の稽古はともかく、素読の師匠の前にすわっている折なぞ、時が止まっているのではないかと不安になるほど半日が長かった。

俺も相応の年齢になったのかと思うのは忌々しいが、家に女房子が待つ身であれば、それも致し方ない。

「かわせみ」の暖簾をくぐると、帳場で嘉助と折り紙をしていたらしい千春が、

「お父様」

と叫んで走り寄って来る。

「若先生のお帰りでございますよ」

嘉助が奥へ声をかけ、

「御苦労様でございました。外はさぞお寒かったことで……」

東吾の手から傘を受け取った。

「お帰り遊ばせ」

三つ指を突いて出迎えたるいが、上りかまちで脱いだ東吾の足袋を受け取って、一足遅れて出て来たお吉に渡す。

いつものように「かわせみ」の帳場から廊下を渡って居間の障子を開け、東吾は、

「ほう、炬燵か」

と目許をゆるませた。

「今日は亥《い》の日ですもの」

次の間へ乱れ箱を取りに行ったるいが炬燵好きの亭主の顔をみて笑う。

例年、十月の最初の亥の日を目安にして炬燵を出すのが、いつの頃からか、「かわせみ」の習慣になっている。

「いよいよ、冬だな」

江戸紫に井桁を白く染めた縮緬の布団をめくって座り込んだ東吾を、

「お召しかえが先でございましょう」

姉さん女房が着替えを広げながらたしなめる。

東吾の育った神林家はもの固い武士の家で炬燵がなかった。炬燵の味を知ったのは、るいが宿屋稼業を始めてからで、格別、寒がりではないのだが、この自堕落さが気に入っている。

で、着替えをすませ、改めて炬燵の前におかれた自分の座布団の上に直ると早速、お吉が入って来た。

お盆の上に伊万里の皿がのっていて、

「本日のお祝いでございます」

とお辞儀をする。

皿の上は牡丹餅《ぼたもち》であった。

十月初亥の日は、御玄猪祭《ごげんちょさい》、いわゆる亥の子の祝いで、この日、餅を食べる祝儀がある。

武家では紅白の餅を殿様から家臣が頂戴するが、町家では牡丹餅であった。

餅を餡でくるんだものが一般だが、豆粉や胡麻などで三色にしたりもする。

「かわせみ」では東吾が黄粉を好むので、餡と黄粉と二色であった。

実をいうと、千春が誕生するまで、この家では、亥の子の祝いで牡丹餅を食べるのは、いささか微妙なものがあった。

亥の子の祝いが、そもそも、多産系の猪にあやかって、多くの子宝に恵まれ、子孫繁栄を祝うためといわれているからで、

「毎年、亥の子の祝いをしているにもかかわらず、子が出来ない……」

などとは、誰も口にしないものの、牡丹餅を作るお吉の身にすれば、大事なお嬢さんが肩身のせまい思いをしてなさりゃしまいかと内心、びくびくものであった。

それだけに、千春が生まれてからは、

「やっぱり、お祝いの牡丹餅を頂いていたのがよろしゅうございました」

と繰り返し、いい続け、

「それにしちゃあ、一人っきりってのは、どういうことだ」

なぞと、東吾がいうと、

「冗談ではございません。千春嬢さまお一人で、何人分ものお宝《たから》の値打がございますんですから……」

欲ばったことをおっしゃってはいけません、と大真面目で反論する。

なんにしても、千春を囲んで天下泰平の牡丹餅を食べていると、嘉助が、

「宗太郎先生がおみえになりました」

と取り次いで来た。その背後から相変らず重そうな薬籠を提げた麻生宗太郎が、

「やあ、ここの家は、やっぱり牡丹餅ですね。残念ながら麻生家は紅白の餅なのですよ。早速、御相伴にあずかりましょう」

嬉しそうな顔で、るいが運んだ座布団の上に膝を進めた。

心得て、お吉が皿と箸を取りに行く。

「また、昼飯を食いそびれているのだろう。牡丹餅なんぞより、もう少し、ましなものを用意させるから……」

本所の名医が「かわせみ」へやって来るのは、たいして金にもならない患家廻りで空腹の時ときまっているようなものと心得て、東吾が思いやりをみせたが、

「いや、飯は人並みにすませたのですがね、弟の宗三郎から使が来て、これから四谷まで行くところなんです。いささか厄介な話らしいので、出来れば東吾さんに御同行願いたいと思って……」

るいがいれた茶を飲み、お吉が大皿から取り分けた牡丹餅に食いついた。

「話はとにかく、ここの家の牡丹餅は旨いですよ。麹町のおてつ牡丹餅よりも旨い」

餡のと黄粉のと、たて続けに箸を動かしているのをみて、東吾が笑った。

「相変らず、わけのわからんことをいう奴だな。麹町のおてつ牡丹餅がどうしたと……」

「知りませんか。三色の牡丹餅で知られているんですがね。味はともかく、小さいんですよ。団子並みの大きさで、一盆二十四文というのは、べら棒じゃありませんか」

「驚いたな、恐れ多くも典薬頭《てんやくのかみ》の孫ともあろう男が二十四文の牡丹餅に難癖をつけるのかい」

「難癖じゃありません。世間の常識です」

決して小さくはない牡丹餅を二つ食べて、茶を飲み干し、

「早速ですが、子細は道々、話します。この節、日の暮れが早いですから……」

さっさと立ち上って東吾をうながした。

「よせやい。こっちはたった今、着替えをして落ついたばっかりなんだぞ」

「その恰好でかまいませんよ。今から炬燵にしがみついていたら、あっという間に爺ぃになります」

さあさあとせかされて、東吾は袴をつけ、足袋をはいた。

なんのかのと口ではいっても、宗太郎が助力を求めて来たとあっては、断る気持はない。

そのあたりの東吾の本心は、るいにもよくわかっているので、羽織を着せかけながら、

「お気をつけて行ってらっしゃいまし」

と、決して嫌な顔はしない。

宗太郎のほうは、流石に恐縮そうに、

「では、東吾さんをお借りします」

丁寧に頭を下げて先に「かわせみ」を出た。

雨は上っているものの、雲が厚く、そんな時刻でもないのに暮れなずんでいる。

「厄介事というのは何だ」

日本橋川に沿って行きながら東吾が訊くと、宗太郎が軽く首をまげた。

「弟のよこした使が、妙行寺という寺の小僧でしてね。言葉が足りないといったらよいのか、要領を得ないのです。どうやら、弟が他出先で病人に遭い、妙行寺へ運び込んだらしいのですが……」

「それだけか」

「弟が困り果てて、わたしに助けを求めているというのですから、これは何をさておいても行ってやらねばなりません」

「それはそうだ」

麻生家へ聟入りしてしまったが、もともと宗太郎は将軍家の御典医の一人、天野宗伯の嫡男であった。

母は典薬頭今大路成徳の長女だが、宗太郎が幼い時に病歿し、その後に同じく今大路成徳の次女が嫁いで来て、宗二郎、宗三郎の二人を生んだ。

で、宗太郎が他家へ出た結果、宗二郎が母方の今大路家の跡取りとなり、宗三郎が天野家を継ぐことになっている。

なんにせよ、天野三兄弟は極めて仲がよかった。弟はいずれも兄思いだし、兄は弟に対し情が深い。

日頃からそれを知っている東吾だから、わけのわからない使の口上に危機感を持って東吾に同行を求めた宗太郎の判断が納得出来た。

「宗三郎どのの身に何事もなければよいが」

東吾が呟き、宗太郎が歩く速度をゆるめずに答えた。

「使の小僧の様子にうしろめたいような所はありませんでした。ただ、あのような頼りない使を寄こすのですから、弟の性格としては一筆書いたものを持たせそうに思えるのです。それがないというところに少々の不安心があります」

「書く余裕がなかったのかな」

「かも知れません」

「宗三郎どのが四谷に行っていることに不審はないか」

天野家は番町であった。

「四谷には松平摂津守様の上屋敷があるのです。御当主に喘息の持病があって、この秋の終りから父に代って弟が御容態を診ていると聞いています」

「しかし、使が来たのは寺からなんだろう」

「鮫ヶ橋の近くだといいましたね」

「近いのか、松平家と……」

「四谷の通りをはさんで、まあ、南北ですか」

宗太郎の声が息切れしているのに気がついて、東吾は薬籠を取り上げた。

「どこかで駕籠をみつけてやる。それまで我慢して歩け」

やがて江戸橋通り、木更津河岸に出れば辻駕籠ぐらいみつかるだろうと思う。

「宗太郎らしくもないな。どうして本所から駕籠で来なかった」

「東吾さんに話すまでは、それほど心配ではなかったのですよ。話している中にだんだん不安になって来ました」

いい具合に戻駕籠をみつけて、東吾が呼んだ。押し込むように宗太郎を乗せ、

「行く先は四谷だ。酒手ははずむから急いでやってくれ」

駕籠屋は東吾の顔を知っていた。

「若先生、捕物で……」

「違う、急病人だ」

息杖《いきづえ》が上って、宗太郎が叫んだ。

「東吾さんは乗らないのですか」

「俺は走ったほうが早い」

「せめて、薬籠を持ちます」

「四の五のいうな」

「ふり廻されると、中のものが台なしになります」

駕籠の中から手を伸ばして薬籠を膝に取った。大声でやりとりしながら走り抜けて行く駕籠と人を、通行人があっけにとられて見送っている。

二

江戸橋から四谷は、間に千代田城がすっぽりおさまる恰好なので、神田側を抜けても、赤坂側を廻っても、かなりの距離になった。

東吾がまかせるというと、駕籠屋は神田寄りの道を一目散に走る。

宗太郎は時々、駕籠から身を乗り出して、

「東吾さん、大丈夫ですか」

と気づかったが、駕籠屋から、

「危ねえから、じっとしていておくんなさい」

といわれて大人しくなった。

市ヶ谷を通って四谷御門、鮫ヶ橋の近くで一度、訊いただけで駕籠屋はすんなり妙行寺を探し当てた。

四辺は寺ばかりである。

約束の駄賃に余分の酒手を添えて東吾が支払っている中に、宗太郎はあたふたと方丈へ走っていって、

「宗三郎、宗三郎」

と呼んでいる。

その声に応えて出て来たのは若い男で、総髪にくくり袴は如何にも医者だが、背に赤ん坊をおぶっている。

「宗太郎先生、お待ちして居りました」

嬉しそうに頭を下げるのをみて、宗太郎がふっと肩から力を抜いた。

「お前、孫之助じゃないか」

「はい、宗三郎先生のお供をして参りまして……」

「宗三郎はどこに居る」

「そこの納屋で患者を診ていらっしゃいます」

「納屋だと……」

孫之助が案内する恰好で、方丈の裏へ行った。

納屋というにしては小ぎれいで、けっこう広い土間の奥に三畳ほどの板敷がみえる。

そこに藁布団を敷いて女が横たわっていた。

土間には古火鉢が一つ、その前で宗三郎が薬を煎じている。入って来た宗太郎をみる

と、

「兄上、申しわけありませんが、孫之助の背負っている赤ん坊を診て下さい。熱はないのですが、ぐったりしていて容易ならぬ状態に思えるのです。手前は赤ん坊の病気に関して勉強不足で……」

恥かしそうに頭を下げた。

孫之助が赤ん坊を背中から下し、宗太郎が抱き取った。たしかに泣く力もないようで、口のあたりがぴくぴく動いている。

宗太郎が自分の指を赤ん坊の口許へあて、もう一方の手で腹を押した。

「こいつは病気ではないよ。死ぬほど腹が減っているだけだ」

宗三郎があっという顔をした。

「しかし、母親が背負っていたのです」

「そこに寝ているのが母親か」

「はい」

宗太郎が赤ん坊を孫之助に渡し、横になっている女に近づいて衿を広げた。小さいが形のいい乳房がむき出しになる。

「兄上……」

「乳首をつまんで押してみるがいい。乳が出ない筈だ」

いささか、ぎこちなく、宗三郎が女の乳首に触れる。

「どうだ」

「たしかに……ですが、兄上、赤ん坊はまだ乳呑児です」

「女の乳は気難かしいんだ。僅かな出来事でも止まってしまうことがある」

孫之助にいった。

「方丈へ行ってごく薄い米の粥《かゆ》を作ってもらって来い。東吾さん、すみませんが、赤ん坊を抱いていて下さい」

てきぱきと指図をされて、東吾は赤ん坊を抱き取った。着ているものはけっこう上等だが、顔色は悪い。

「随分としなびた赤ん坊だな」

「ろくに乳をもらっていないからですよ。腹がくちくなれば、二、三日でふっくらして来ます」

「いったい、何があったんだ」

駕籠をとばし、韋駄天走りにやって来たというのに、腹をすかせた赤ん坊だけのことかと、東吾はあてのはずれた声で訊いた。

「おさわがせして申しわけありません。手前にも、何がなんだか、よく、わからぬのです」

孫之助を供に、松平摂津守様の上屋敷へうかがった帰りのことですと、宗三郎は東吾の抱いている赤ん坊を眺めながら話し出した。

「伊賀町を出て来たところで、いきなり、あの女が正面から手前に抱きついて来たのです」

しょうたろう、と呼ばれたような気がすると宗三郎は顔を赤くして告げた。

「無論、手前はあの女を知りません。ですから、人違いだと何度も申しました」

四谷の通りであった。

通行人は足を止めるし、近くの店からも人が出て来る。

「赤ん坊は泣きますし、手前と孫之助は必死で、女に人違いだということを申したのですが、その中、女がぶるぶる慄え出して、今度は、お寺、お寺と叫び出すのです」

野次馬が、どこの寺だというと、女は考え込み、首をふり、泣き出した。

「誰かが、宗旨を訊ねました。宗旨ぐらいはわかるだろうといったところ、暫くしてお題目を唱えたので、近くの店の人がこの近所で法華なら妙行寺さんだと教えてくれまして、ともかくも孫之助と二人で女をここへ連れて参りました」

が、寺では女に見憶えがないという。坊さんが女に寺の名を訊いている中に、女が苦しみ出し、体をのけぞらせる。

「どこかに寝かせて手当をしたいと申しますと、この寺でも困りまして……」

十月八日から十三日まで、法華宗寺院では宗祖、日蓮上人の御命講であった。

寺の中はどこも信者がつめかけていて空いている部屋はない。

「それでも、この納屋を使ってよいということなので……」

手当にかかったものの、宗三郎は心細くなったらしい。

「兄上も御承知の通り、手前はまだ父上の許で修業中です」

面目なげにうつむいた弟に、宗太郎が訊いた。

「女の手当はしたのか」

「はい、神経から来たさし込み、俗にいう癪だと思いまして……」

医者の兄弟というのも、なかなか良いと東吾は眺めていた。宗三郎が自分の施した治療を兄に話し、宗太郎は一つ一つうなずいている。

「それでよい。自信を持つことだ。父上でも、わたしでも、お前と同じ手当をしているよ」

「ですが、赤ん坊が腹をすかせていたとは、思いもよりませんでした」

てっきり病気だと早合点したと再び、顔を赤くする。つい、東吾はいった。

「そりゃあ独り者には無理さ。女房をもらって、子が出来れば、自然にわかる」

「医者は、そうもいっていられませんがね」

宗太郎が苦笑したところへ、孫之助が白粥を持って来た。受け取った宗太郎が丹念に粥をかき廻し、薬籠から小さな匙を出して、赤ん坊の口へ入れる。

方丈のほうから法華太鼓の音が聞えて来て男達は漸くくつろいだ表情になった。

粥で腹がくちくなった赤ん坊は、間もなく眠ったが、男達が途方に暮れたのは赤ん坊の母親のほうであった。

宗三郎の手当を受けて正気を取り戻したようにみえた女は、肝腎の自分の名前はおろか、住んでいる場所もわからない。赤ん坊を背負ってどこへ行こうとしていたのか、何故、四谷の通りで宗三郎にしがみついたのか、どれ一つとして答えられなかった。

何を訊かれても、顔をしかめて首を振り続ける。けれども、その他のことはごく正常であった。

孫之助が方丈から貰って来た握り飯を喜んで食べ、腰に結びつけていた包から赤ん坊の襁褓《むつき》を出して取り替えると、裏の井戸へ行って汚れたのを洗ったりしている。

そうした様子は屈託がなくて、これから自分がどうなるのか、全く心配すらしていないようにみえた。

結局、東吾達は方丈へ行って住職に会い、ことの次第を話して相談した。

明日からの御命講の支度も一段落した住職は存外、人もよく、また信者の主だった人々も同席していたので不人情なことはいえなかったものか、

「自分の名前すら思い出せないと申すのは、よくよく怖しいめに遭ったのか、なんにせよ、法華の寺を訪ねて当寺へ来られたのも仏縁でござろうし、まして年に一度の御命講の日というのも、宗祖上人のお導きかも知れません。二、三日、当寺に滞在して、心も落つけば忘れたことも思い出すのではございますまいか」

その間の面倒はみてやってもよいといった。

で、その旨を女に伝えると、涙を浮べてお題目を唱えている。

「手前は当分、毎日、松平様の御容態を診に通いますので、その帰りにはこちらへも寄りましょう」

乗りかかった舟で、宗三郎がいい、東吾達は万事を寺に頼んで辞した。

すでに夜が更けている。

三

「かわせみ」へ帰って来て、東吾は今日の顚末をるいやお吉に話した。

強い衝撃を受けたり、凄じい恐怖のあげく過去の記憶を失ってしまった人の例を、「かわせみ」ではだいぶ昔に目撃しているので、東吾の話をすぐ理解したものの、

「よりによって、そんなお人につかまってしまって宗三郎先生もさぞお困りになったことでしょうね」

と、かかわり合いになった不運のほうを気の毒がっている。

翌日、東吾は軍艦操練所へ出仕する前に八丁堀の組屋敷に畝源三郎を訪ねて女の話をした。

職掌柄、源三郎は飲み込みが早くて、

「赤ん坊を背負って、ということは、嫁入り先を出て来たという可能性が強いでしょう。おそらく、実家へ帰る途中、なにか記憶を失うほど怖しい状況に出会ったかですね」

と推量している。

「着ているものなんぞは、そう悪くはない。まず商家の若女房といったところか」

足許は下駄で、たいして汚れていないから、そう遠くから来た様子ではないと東吾もいった。

「亭主の名かな」

「宗三郎どのに抱きついた時、しょうたろうと呼んだというのは、どう思いますか」

「違うでしょう。女房は亭主を呼ぶ時、旦那様とか、お前さん、子供がいると、お父様などという場合もありますが、まず、名前を呼び捨てにすることはない」

「呼び捨てにするのは、弟か、年下の者だな」

「奉公人も入りますね」

いくつくらいの女ですか、と訊かれて東吾は首をひねった。

「二十は出ているのかな」

「器量はどうです」

「十人並といったところだ」

「法華の寺を訪ねていたというのは、寺の近くに実家があるか、或いは寺に縁のある何かか」

「法華の寺というのは、多いのか」

「お寺社に訊いてみないと、しかとしたことはわかりませんが、有名なのは池上の本門寺ですね」

宗祖日蓮上人の入寂の地だから、壮麗な伽藍があると源三郎はいう。

「品川のむこうで、御府内ではありません」

「四谷から女の足で歩いて行くには遠すぎるな」

「江戸にもけっこうありますよ」

一軒一軒、寺へ女を連れて行って、この女に心当りはないかと訊ねるのは、出来ない相談ではないが、途方もなく手間がかかる。

その結果、女の身許が判明するとは限らなかった。

「とにかく、若い者を使って、手近かな寺から聞いて廻らせましょう。その中《うち》に、女の記憶が戻ればなによりですが……」

或いは女の婚家か、実家から町役人のほうにお届けが出ているとよいがといいながら、源三郎は町奉行所へ出かけて行き、東吾も軍艦操練所へ急いだ。

夕刻、「かわせみ」に天野家から孫之助が来た。

女は神妙に寺の納屋で暮しているという。

乳は出ないが、赤ん坊に粥を食べさせたり、寺男の紹介で近所に貰い乳に出かけたり、母親らしいこともしている。しかし、記憶のほうは、宗三郎がいろいろ訊いても、まるで思い出せない。

「宗三郎先生は毎日、お寄りになって根気よく、記憶が戻るよう試みられているとのことでございます」

と報告して行った。

中一日おいて、東吾は軍艦操練所の帰りに本所の麻生家へ寄った。

宗太郎は家にいて、

「今しがた、宗三郎が帰って行ったところなのですよ。四谷の帰りに寄りましてね」

という。

「記憶は戻らないのか」

これまでに東吾が聞いた例からしても、そう簡単に戻りはするまいと思いながら訊ねると、

「それが、宗三郎の申すには、どうも何かを思い出しかけているようだとのことでしてね。弟は大変に喜んでいるのですが、ちょっと気になることがあるのです」

珍しく眉間に皺を寄せている。

「思い出すのが早すぎると、何かまずいのか」

東吾は医者の立場で考えたのだが、宗太郎は、一瞬、あっという顔をし、それから否定した。

「孫之助が申したのですが、今日、弟が納屋で話をしている間、孫之助は寺の境内で待っていたそうですが、その時、若い男が門前の花屋で、四谷の妙行寺というのはこの寺かと訊いているのをみかけたとか」

「妙行寺を、妙行寺かと訊いたのだろう」

「そうです」

「別に不思議ではあるまい」

「男は境内へは入らず、そのまま去ったようで……」

「それが気になるのか」

「妙行寺を訊ねて、何故、寺へ入って来なかったのでしょう」

「といわれても困るが……」

通りすがりに、寺や社を、ここは何々かと訊いて参詣もせずに行くことは多いのではないかと東吾は思った。

「その男の様子に、なにか不審でもあったのか」

「孫之助は、何もいいませんでしたが……」

「どんな男だ」

「商家の手代……といっても小僧から手代に昇格したばかりといった年頃の、ごく若い男だったそうです」

それだけではなんということもない。

「寺は賑やかだろう。御命講というのは今日あたりが本番らしいな」

寺によってさまざまだが、大体、日蓮上人の忌日である十三日の法会が最終の盛り上りをみせる。十二、十三と夜通し参詣の人が絶えない寺院も、十四日になると平素の静けさに戻る。妙行寺も例外ではあるまいと東吾がいい、宗太郎がうなずいた。

「御命講が終ると、寺も少しは暇になるから、あっちこっちの寺に問い合せでもしてくれるといいのだが……」

あまりあてには出来ないか、なぞと一人言をいって、東吾は麻生家を辞し、帰りに深川の長寿庵へ寄った。

長助は源三郎の指図で、もっぱら法華宗の寺を廻っているという。

「法華の寺ってのも、けっこう、あっちこっちにございまして、この深川でも浄心寺ってのがそうで、今日は雑司ヶ谷の法明寺ってのに行って来ました」

女がいたのが四谷というので、まず本所深川ではあるまいと考えてのことらしい。

「法明寺では御開帳をやってまして、日蓮上人の一代記ってのを、からくりで見せて居りましたが、なんとも大変な人出でござんして……」

御命講の最終日であった。

「坊さんにいろいろ訊いたんですが、やはり、池上の本門寺で訊いたほうがよかろうってんで、明日は池上まで行って参《め》えります」

「すまないな。遠い所を……」

「乳呑児を抱えてるってことですし、もし、実家が本門寺の近くにでもあるのなら、親は随分と心配してなさると思います」

実は御府内の寺じゃないのではと、源三郎がいい出したと長助はいった。

「こいつをごらんなすって……」

懐中から出したのは瓦版であった。

赤ん坊を抱えた若い女がなにかの拍子に記憶を失って四谷の妙行寺に厄介になっている。折しも、御命講の最中で、これは宗祖上人が何やら示現《じげん》をあらわすのではないかなぞと派手に書いてある。

「これは、いつ、出たんだ」

「昨日のようで……どうやら、妙行寺へ来ていた信者の口から洩れたようでございます」

瓦版はもっぱら、江戸府内、それも町家の建て込んでいる神田、浅草界隈に多くばらまかれる。

「ですが、ことが四谷で起ったてんで、少々はあっちこっちに廻ったらしく、雑司ヶ谷の寺でも信者が話をしていました」

御命講の最中だけに法華の寺がかかわり合っている以上、いやでも評判になる。

「それが一日待っても、どこにも音沙汰がないのは、女の探している法華の寺が御府内じゃないってことかも知れません」

なんにせよ、明日は本門寺へ出かけて、なんとかけりをつけたいと長助は張り切っている。

東吾が「かわせみ」へ帰って来ると、るいとお吉が荷づくりをしていた。

「四谷のお寺にいる赤ちゃんですけど、長引くようだと着るものやら何やらに困ると思って、千春の古着を出してみたんですよ」

古着といっても、一つ二つの赤ん坊は成長が早くてそう長いことは着られないし、るいの丹精がいいので、どれも手入れが行き届いている。

「ついでに、女中達が浴衣をほどいて襁褓を何枚も作りましたから、明日にでも長助親分に頼んで届けてもらうつもりです」

とお吉がいうのを聞いて、

「長助は明日、池上の本門寺へ行くんだ。そういうことなら、俺が軍艦操練所から帰った後で届けてやるよ」

天野宗三郎も夕方には妙行寺に寄っているらしいし、女は何かを思い出しかけていると聞いたから、自分が役に立つこともあるかも知れない、と東吾はいった。

なにしろ、お節介が大好きな「かわせみ」一家のこと、だが、この時、東吾の持つ、或る独特の勘が、なんとなく妙行寺へ行けと指示していたのかも知れない。

四

この日、十月になって珍しく天気はよかった。

軍艦操練所からいったん「かわせみ」へ戻って、改めて風呂敷包を持ち、東吾が大川端を出かけたのが七つ(午後四時頃)、まだ日は暮れていなかった。

神田側を廻らず、故意に赤坂側からの道を行ったのは、本門寺へ出かけている筈の長助と、もしや、どこやらで出会うかという気持があったからだが、物事は期待通りには行かなくて、溜池から赤坂とお城のふちをひたすら歩いて鮫ヶ橋へたどりついた。

このあたりは寺が多いのに、岡場所がある。

もっとも、岡場所の上得意客は坊さんという話もあるくらいだと、東吾は内心、可笑しがりながら妙行寺への道を急いだ。

すでに日は落ちて、あたりは暗くなっている。

妙行寺の境内は深閑としていた。

本堂も、もはや片付が終って、坊さん達は方丈で数日間の疲れをいやしているのか、どこもひっそりとしている。

勝手知った廻廊の脇を抜けて納屋へ近づいた時、東吾は容易ならぬ雰囲気を感じて足音を消した。

じわじわと、しかし、素早く納屋の壁に身を寄せる。

「やめて……」

悲鳴に近い女の声がした。

「この方は、お医者なんです。あたしを助けて下さった……」

低く、男の笑い声がした。

なんとも陰惨で、底意地の悪い響きがする。

「お内儀さんのやりなさることはわかっていますよ。御亭主が嫌になったら、このわたし、わたしが怖くなったら色男の医者、こちらさんは毎日、お内儀さんに会いに来てなさるそうじゃありませんか」

「なにを愚かな……」

宗三郎の声は流石にしっかりしていた。

「気を鎮めなさい。わたしは医者だ。この人は、名も所も思い出せない有様で、しかも、病気だ。胸を患っていて、しかも重い。それが判ったので、こうして治療に来ている」

「女の胸をはだけさせて、あっちこっち撫で廻してお出ででしたねえ。わたしがのぞいているのも気がつかないほど、御熱心に……」

「決してみだりがましい振舞ではない。みていたのならわかる筈だ」

「ようございますよ。わたしはこのお内儀さんにそそのかされて、もう五人も殺しています。あと何人殺そうと、お仕置台に上る時は同じですからね」

かたりと音がしたのは、男が何かを取り出したのか、

「助けて、正太郎……あんたはわたしが好きだといったじゃないか」

「裏切ったお内儀さんなんぞ大嫌いですよ。なんで、こんな女のために一生を棒に振ったのか、畜生……」

宗三郎が男にとびかかろうとした時、東吾が納屋へふみ込んだ。

「手を出すな、俺にまかせろ」

「神林先生……」

男が出刃庖丁をかまえた。突いて来るのを躱《かわ》しざまに利き腕を取ってねじり上げる。東吾にとっては、あっけないほどの立ち廻りであった。

下げ緒を取って男を縛り上げ、宗三郎が方丈へ知らせに行った。

納屋へやって来た住職は驚きの余り、声も出ないでいる。寺男を奉行所へやって畝源三郎へ知らせ、その間に、宗三郎が東吾に語ったところによると、今日に限って孫之助を供につれて来なかったのは、松平摂津守の病状がよくなって、もはや心配がなく、従って宗三郎が往診に出かける必要がなくなった故であった。

「ただ、手前は女が肺を患っているのに気がつきまして早急に手当をしてやらねばと承知して居りましたのと、出来れば赤ん坊を女からひきはなす必要があると存じ、そのことを女と相談するためでした」

母親が胸の病気にかかると、赤ん坊に伝染する危険が強い。

「しかし、驚きました。いきなり男が入って来て、途方もないいいがかりをつけるのですから……」

「俺も驚いたよ。貴公は案外、向う気が強いな。刃物を持っている男に自分からとびかかって行こうとするから、少々、慌てたよ」

「生兵法は怪我の基、ですか」

「貴公に怪我があったら、俺は宗太郎に顔むけが出来ないからね」

「神林先生が来て下さって助かりました。今になって、体が慄えて来るような感じです」

「やけになった奴が刃物を持つと危いんだ」

すでに五人殺していると自分でいっている。

納屋の中で、男は東吾の当て身をくらって気絶したままだが、女はすみにうずくまっている。

やがて、寺男が役人を案内して来た。畝源三郎ではなく、たまたま、近くの番屋で町役人の訴えをきいていた定廻りの大林完次郎という、ごく最近、父親の後を継いで見習をすませたばかりの同心である。

改めて事情を東吾が説明し、大林完次郎は、

「何分にも、ここは寺内で具合が悪いので、然るべき場所に移して吟味を行います」

といい、連れていた若党に駕籠を二挺、呼んで来させた。

たしかに、寺の中は町奉行の支配外である。

駕籠が来て、気絶していた男に活を入れ、両手だけ縛った恰好で押し込み、もう一つには女を乗せた。赤ん坊は若党が背負い、

「では、参ります」

と東吾に挨拶して、妙行寺を出て行く。

宗三郎は女の容態について、大林完次郎にいろいろといっていたが、彼のほうはあまり熱心には聞いていなかった。

そのことが不満そうな宗三郎をうながし、住職にお清め料として少々を包んでから、東吾も寺を出た。

「あの女は……」

歩き出すと宗三郎がいった。

「記憶を失っていたのではありませんでした。手前は欺されたのです」

東吾は少しばかり驚いた。

「名前も、住んでいた所もわからないというのは嘘か」

「多分、嘘です。兄からも注意せよといわれていましたが、まさか……」

「どうしてわかった」

訊いてから、東吾も気がついた。

「そうか、あの手代をおぼえていたんだな」

男は女をお内儀さんと呼び、女は男を正太郎といっていた。おそらく、商家の若女房と奉公人であろう。

「男が入って来た時、すぐ、正太郎と呼びました。記憶を失っていたのなら、奉公人の名も忘れている筈です」

「名前もところもかくしておきたかったんだな」

「それならそうといってくれれば、口外はしませんのに、いやな芝居をしたものです」

「おそらく、あんまり人を信じねえような生き方をして来たんだろう」

東吾のほうが、なだめる口調になった。

「人には、いろいろと事情があるさ」

「五人も人を殺したというのは本当でしょうか」

「大方、本当だろう」

出刃庖丁の突き出し方に、僅かのためらいもなかった。

「いったい、何があったのでしょう」

「そいつはお上が調べてくれるよ」

人殺しの場所は、御府内ではなかろうと東吾はいった。江戸市中なら、とっくに届けが出ている筈だ。

番町へ帰る宗三郎を送って、東吾は神田側を廻って大川端の「かわせみ」へ帰って来た。

畝源三郎から使が来たのは、まだ着替えもしていない中《うち》で、

「とんだ失敗《しくじり》がございました。赤坂の番屋までお越し願えませんかとのことで……」

顔色を変えていう。東吾はそのまま、使と共に夜の中へとび出した。

「失敗とはなんだ」

「よくわかりませんが、男と女が溜池へとび込んだとか……」

あいつらだと東吾は悟った。

妙行寺から大林完次郎に護送されて行った男と女に違いない。

赤坂の番屋の外には、畝源三郎が立っていた。

「男は、ひき上げるのに手間どって、上げた時にはもういけませんでした。女はまだ息があるようですが、医者は駄目だろうといっています」

番屋の戸のむこうに寝かされた女とつき添っている医者の姿がみえる。

「いったい、なんだって……」

「どうか、内聞に願います。大林は前途のある若者です。たしかに今日のことは迂闊かも知れませんが……」

駕籠が赤坂御門の前を通りすぎて間もなく、女が苦しみ出したと源三郎は大林完次郎から聞いたままを話し出した。

「あまり苦しむので大林は駕籠を止めさせたところ、口から大量の血を吐きながら、女が外へころがり出たと申します」

慌てて介抱して、

「大林は駕籠屋に、近くに医者はいないかと訊き、そのために少々、駕籠の傍を離れたようです。どうやって縛られていた筈の紐を解いたのか、とにかく男が駕籠から出て女を抱え走り出したといいます」

あたりは暗かった。

溜池のほとり、俗に桐畑と呼ばれている所で、道の片側は大名屋敷、およそ灯影らしいものは何もない。

水音がして、大林完次郎達は必死で水面を探った。

「女は水草に足をからませて水ぎわに倒れていたので容易にみつかったそうですが……」

男のほうは一度沈んで浮び上ったのを若党がみつけ、番屋の連中が竿を出してひき寄せたらしい。

「畝の旦那、お医者が……」

番太郎が外へ向って叫び、源三郎に続いて東吾も番屋へ入った。

女は、うつろな目を開けていた。両手が探るように動いて、

「おい、しっかりしろ」

東吾が声をかけると、顔が急に優しくなった。

「ふゆの、さくらが……」

何かを見上げるようにして、そのまま、がっくりと顎が落ちた。

脈をみていた医者が、軽く首を振る。

番屋の外を、木枯が吹いた。

五

男も女も死んで、困ったのは赤ん坊の始末であった。

赤坂の番屋の番太郎の倅のところに、ちょうど乳呑児がいて、

「長いことでなければ、悴夫婦が面倒をみますから……」

といってくれたが、引取り手を探すには、女の身許が判らなければどうしようもない。

源三郎はまず江戸の近郊で五人もの人殺しのあった事件はなかったかを調べさせる一方、前から探させていた法華宗の寺々にも、女の心当りがないか聞いて廻らせた。

きっかけは、長助であった。

池上の本門寺まで出かけて行ったのに、なんの手がかりもなく、がっかりしていたものの、東吾にふと、こういった。

「一つだけ、目の保養をして参りましたんで……本門寺さんには会式桜《えしきざくら》ってえ桜の樹がありまして、こいつがなんと十月の今時分に花が咲くんです。あっしが行った時は満開で、花片は少々、白っぽい奴ですが、そりゃあきれいな眺めで、冬に花見が出来るなんてのは、やっぱり日蓮上人ってえお方はたいしたもんで……」

「冬の桜だと……」

「へえ」

「待ってくれ。冬の桜か……」

女が息をひき取る時、たしかに、

「ふゆの、さくらが……」

といった。

「俺も源さんも、冬に桜なんぞ咲くとは思わないから、女が最後にまぼろしの桜でもみたのかと思っていたんだが……」

本門寺じゃ、女のことについて心当りはないといっていたのだな、と東吾に念を押されて、途方に暮れたような長助がこういった。

「冬の桜でござんしたら、江戸にもあるそうで、本門寺さんで教えてもらったんですが、谷中の領玄寺てえ、甲州身延山の隠居寺だと聞きましたが、そこにも一本、会式桜があって、やっぱり十月に花が咲くとか……」

「谷中か」

行ってみようと東吾が決断し、長助が供をした。

法華宗の寺、谷中の領玄寺には冬の桜が咲いていた。

そして住職が、近くの仏壇屋の娘お文というのが、堀の内の妙法寺の近くにある仏壇屋へ嫁にいっていて、昨年の今頃、女の子を産んだ筈だと話してくれた。

直ちに、仏壇屋岩本屋元兵衛が内々で奉行所に呼ばれ、仮埋葬されていた女の遺体と対面し、娘のお文に間違いないと涙ながらに証言した。

畝源三郎と長助が堀の内に行き、仏壇屋甲州屋宗右衛門宅の惨劇を確認した。

天野宗三郎が四谷でお文と出会った前夜、甲州屋では主人の宗右衛門と女房のおまん、悴の吉之助、それに番頭と手代の五人がいずれも刃物で刺し殺され、若女房のお文と赤ん坊のお花、それに手代の正太郎が行方知れずになっていた。

「源さんが、むこうで聞いて来たんだがな、お文は亭主に女が出来て悩んでいたらしい。

舅や姑は相手になってくれないから、若い手代の正太郎に愚痴を聞いてもらう。その中にお文と正太郎の仲がおかしいと浮名が立って、どちらも旦那の宗右衛門にきびしく叱責されたらしい。とりわけ、正太郎は店から暇を出すといい渡されて逆上したんだろうな」

甲州屋で生き残ったのは、たまたまその夜、娘のお産で自分の家へ帰っていた古参の女中だけで、その女中の口から大方の事情が明らかにされた。

「そうしますと、お文さんて人は手代の正太郎が一家皆殺しにするのを見て、怖くなって逃げ出したんですか」

お吉が、だから近頃の若い者はとこの頃の口癖を繰り返しながら訊く。

「冗談じゃありませんよ。御亭主が浮気したくらいで、手代をそそのかして舅さん姑さんから奉公人まで皆殺しにさせるなんて、そんなことをしたら、身の破滅だって気がつかなかったんですかね。実家の親も親ですよ。娘を嫁に出す時は、なにがあっても、畳にのの字を書いて我慢しろって、どうして教えてやらなかったんでしょう。これですから近頃の人達は……」

東吾の目くばせに気がついて、お吉はそこであっと口を押えた。

「いいえ、若先生は浮気なんぞ金輪際なさいませんから、うちのお嬢さん……いいえ、うちの御新造さんは御心配には及びませんです。まあ、世の中いろいろとございますもんで……」

早々に居間から逃げ出して行った。

「赤ちゃん、どうなりました」

ぽつんとるいがいう。

「お文の親、岩本屋の夫婦がひき取ったそうだよ」

「一生、その赤ちゃんが知らずにすむとようございますね。実のおっ母さんが、実のお父つぁんを殺させたってこと……」

東吾も重くうなずいた。

「冬の桜か」

お文という女は、決して心がけがよいとはいえないが、せめて最後に一目だけでも、長助があれほどきれいだったと感心していた冬の桜をみせてやりたかったと思い、東吾はそれを口に出さず、火鉢の中の燃えて白くなった炭を火箸の先で平らにならしていた。

この夜更け、大川を漕ぎ上って行く舟の櫓の音が重い。

どこかで、千鳥の啼く声がしたようであった。

文春文庫

佐助《さすけ》の牡丹《ぼたん》 御宿《おんやど》かわせみ28

定価はカバーに
表示してあります

2004年4月10日 第1刷

著 者 平《ひら》岩《いわ》弓《ゆみ》枝《え》
発行者 白川浩司
発行所 株式会社 文藝春秋
東京都千代田区紀尾井町3-23 〒102-8008
TEL 03・3265・1211
文藝春秋ホームページ http://www.bunshun.co.jp
文春ウェブ文庫 http://www.bunshunplaza.com

落丁、乱丁本は、お手数ですが小社営業部宛お送り下さい。送料小社負担でお取替致します。

印刷・凸版印刷 製本・加藤製本

Printed in Japan
ISBN4-16-716882-0

文春文庫

平岩弓枝の本

（ ）内は解説者。品切の節はご容赦下さい。

平岩弓枝
火の航跡
夫の失踪、身辺に連続する殺人事件と、それらを結ぶ有田焼の航跡の謎。久仁子は、謎を求めてギリシャへ、そしてメキシコへ飛ぶ。壮大なスケールで展開するサスペンス・ロマン。
ひ—1—12

平岩弓枝
女の旅
洋画家の娘・美里は語学に堪能なツアー・コンダクター。平泉、東京、ニューヨークを舞台に、初恋に揺れる若い女心と、情事に倦みながらも嫉妬する中年女の心理を描く。（伊東昌輝）
ひ—1—13

平岩弓枝
女の家庭
気働きのない姑にオールドミスの小姑と同居するエリート社員の妻が家庭内のトラブルに疲れた頃、夫の浮気を知る。しかし平凡な家庭を守るために耐えた。翔べない女の幸せを問う長篇。
ひ—1—16

平岩弓枝
女の河（上下）
秘書から社長夫人になった美也子をめぐる人間模様。日本とイタリヤを舞台に、巨大な社会機構と愛憎渦巻く人の世の濁流に翻弄される女たちの哀しい愛を描いた長篇。（大野木直之）
ひ—1—18

平岩弓枝
女の幸福
初恋を胸に秘めて耐えてきた優しい女・千加子。戦前、戦中、戦後を通して、優しさ故に苛酷な運命に翻弄される人生を歩む主人公を描いて、女の真の幸せを問うた長篇。（藤田昌司）
ひ—1—20

平岩弓枝
日蔭の女（上下）
芸者で二号の母、バー経営の姉、そんな人生に反発した主人公は、優秀な麻酔医となったが、許されざる愛に身をゆだね、母と同じ道を辿る。母娘二代〝日蔭の女〟の哀しさを綴る。
ひ—1—21

文春文庫

平岩弓枝の本

（　）内は解説者。品切の節はご容赦下さい。

平岩弓枝
酸《ほ》漿《おずき》は殺しの口笛
御宿かわせみ7

表題作のほか、「春色大川端」「玉菊燈籠の女」「能役者、清大夫」「冬の月」「雪の朝」を収録。おなじみの人物を縦横に活躍させて、江戸の風物、人情を豊かにうたいあげる。

ひ-1-42

平岩弓枝
白萩屋敷の月
御宿かわせみ8

ご存じ〝かわせみ〟の面々が大活躍する人情捕物帳。白萩屋敷の孤独な女主人の恋をミステリアスに描く表題作、「美男の医者」「恋娘」「絵馬の文字」「水戸の梅」など全八篇を収める。

ひ-1-44

平岩弓枝
一両二分の女
御宿かわせみ9

商用で江戸へ来た男が次々に姿を消す。どうも〝安囲い〟の女が関係しているらしい。〝かわせみ〟の面々による人情捕物帳。表題作のほかに「藍染川」「美人の女中」など全八篇を収録。

ひ-1-47

平岩弓枝
閻魔まいり
御宿かわせみ10

閻魔堂で娘が晴着を切られ、数日後、堀留小町が殺された。犯人は意外な人物。〝かわせみ〟の面々が人情味豊かに贈る捕物帳シリーズ。ほかに「源三郎祝言」「橋づくし」など全八篇。

ひ-1-52

平岩弓枝
二十六《にじゆうろく》夜《や》待《まち》の殺人
御宿かわせみ11

二十六日の月の出を待ち一句ひねろうと、同好の士と共に目白不動へ出かけた俳諧師が川に浮かぶ。〝かわせみ〟の人々の勘は絶好調。ほかに「女同士」「犬の話」など全八篇。（藤森秀郎）

ひ-1-53

平岩弓枝
夜《よ》鴉《がらす》おきん
御宿かわせみ12

江戸に押込み強盗が多発、「かわせみ」へ届けられた三味線流しおきんの結び文が解決の糸口となる。他に「岸和田の姫」「息子」「源太郎誕生」など全八篇を収めた大好評シリーズ第十二集。

ひ-1-56

文春文庫

平岩弓枝の本

（　）内は解説者。品切の節はご容赦下さい。

平岩弓枝
他人《ひと》の花は赤い
美貌の隣人に懸想し妻子の留守中に束の間の情事を楽しんだその顚末は。表題作など切れ味抜群の作品集。「春よ来い」「非行少女」「つきそい」「異母兄妹」など全八篇収録。（伊東昌輝）
ひ-1-23

平岩弓枝
午後の恋人（上下）
夫の愛人に子供が出来て離婚した明子は、四十にして歩き始めた第二の人生が、これ程華やいだものになるとは思わなかった。三人の男に言い寄られる女盛りの恋を描く。（高橋昌也）
ひ-1-24

平岩弓枝
女たちの海峡
華道の師範代・麻子は、義弟とその友人から同時に愛を告白された。どちらを受け入れるにせよ、まず出生の秘密を質さねばと、激しく揺れる女心は母を追ってスペインへ。
ひ-1-26

平岩弓枝
女たちの家（上下）
突然夫に死なれた世間知らずの女主人公が、生さぬ仲の一人息子とのトラブルを経て、ペンション経営で老後の自立を計ってゆく姿を描きつつ、女の幸せとは何かを模索する長篇。
ひ-1-27

平岩弓枝
花の影
佐保子の生涯を賭けた恋は、陽光に映え、風雨に耐えて美しく散った。桜の花の一日を八つに分けて、主人公の十代から八十代までになぞらえ、驕りの春に咲く恋の明暗を描く。
ひ-1-29

平岩弓枝
色のない地図（上下）
数奇な運命をたどる日中混血美女の悲恋。香港に亡命し、ヨーロッパで暮らすもと上海大富豪の娘を主人公に、二人の日本青年の愛を、パリ、モナコ、中国、東京を舞台に描く。
ひ-1-30

文春文庫

平岩弓枝の本

（　）内は解説者。品切の節はご容赦下さい。

平岩弓枝
鬼の面 御宿かわせみ13

節分の日に起きた殺人、現場から鬼の面をつけた男が逃げた。表題作の他「麻布の秋」「忠三郎転生」「春の寺」など全七篇。大川端の御宿「かわせみ」の人々が贈る人情捕物帳。（山本容朗）

ひ-1-57

平岩弓枝
神かくし 御宿かわせみ14

神田の周辺で女の行方知れずが続出する。神かくしはとかく色恋のつじつまあわせに使われるというが……東吾の勘がまたも冴える。御宿「かわせみ」の面々による人情捕物帳全八篇収録。

ひ-1-59

平岩弓枝
恋文心中 御宿かわせみ15

大名家の御後室が恋文を盗まれ脅される。八丁堀育ちの血が騒ぎ、東吾がまた一肌脱ぐのだが。表題作ほか、るいと東吾が晴れて夫婦となる「祝言」「雪女郎」「わかれ橋」など全八篇を収録。

ひ-1-60

平岩弓枝
八丁堀の湯屋 御宿かわせみ16

八丁堀の湯屋には女湯にも刀掛がある、という不思議が悲劇を生む。表題作の他、「ひゆたらり」「びいどろ正月」「春や、まぼろし」など全八篇を収録した〝かわせみ〟シリーズ第十六集。

ひ-1-61

平岩弓枝
雨月 御宿かわせみ17

生き別れの兄を探す男が、「かわせみ」の軒先に立っていた。兄弟は再会を果たすも、雨の十三夜に永久の別れを迎える。表題作他「尾花茶屋の娘」「春の鬼」「百千鳥の琴」など全八篇を収録。

ひ-1-63

平岩弓枝
秘曲 御宿かわせみ18

能楽師・鷺流宗家に伝わる一子相伝の秘曲を継承した美少女に魔の手が迫る。無事、事件を解決した東吾にも隠し子騒動が持ち上がり揺れる大川端模様。〝かわせみ〟ファン必読の一冊。

ひ-1-65

文春文庫

平岩弓枝の本

（　）内は解説者。品切の節はご容赦下さい。

平岩弓枝
あした天気に（上下）

修学旅行にまで心配でついていく――一人娘への男親の愛情も度を越すと、なにかと問題続出。その娘がいよいよ嫁に、父は当然放心状態。笑いと涙で綴る〝貰いっ子・ちづる〟の物語。

ひ-1-32

平岩弓枝
へんこつ（上下）

「八犬伝」の作者・滝沢馬琴は偏屈で反骨精神の旺盛な男だ。犬を連れた謎の美女をめぐる奇怪な事件に関わりをもった彼の好奇心は、遂に幕府黒幕の金脈を暴く。作家魂を描く意欲作。

ひ-1-35

平岩弓枝
湖水祭（上下）

ノルウェイで出会った謎の女性に再会した日から、長谷兵庫は建築会社の社長一族にまつわる奇怪な殺人事件にまきこまれる。白夜の北欧に展開するミステリー・ロマン。（伊東昌輝）

ひ-1-38

平岩弓枝
祝婚歌（上下）

娘は妻ある人を恋し、夫は秘書とオフィスラブ、弟は友人の妻と不倫の仲。貞淑な主婦が四十を越えて迎えた波瀾万丈を、東京・成城と軽井沢のテニスクラブを舞台に描く。（伊東昌輝）

ひ-1-40

平岩弓枝
小さくとも命の花は

とても育つまいと思われた未熟児の小さな命が、幾度かの危機を克服して奇跡的に育った。嫁姑の葛藤、家庭内のトラブルをのりこえて、一つの命を守る涙と感動の力作。

ひ-1-43

平岩弓枝
かまくら三国志（上下）

北条氏は将軍頼家の命を狙い源家の衰退を図る。頼朝の落胤・智太郎は宗像水軍を従え立ち向かう。水軍、朝廷、鎌倉幕府の関係をめぐる日本裏面史に挑む著者初の歴史長篇。（伊東昌輝）

ひ-1-45

文春文庫

平岩弓枝の本

かくれんぼ
平岩弓枝
御宿かわせみ19

御殿山のお屋敷の庭でかくれんぼをしていた源太郎と花世が、迷い込んだ隣家で殺人現場を目撃して……。表題作ほか「マンドラゴラ奇聞」「残月」「江戸の節分」など全八篇収録。

ひ-1-66

お吉《きち》の茶碗
平岩弓枝
御宿かわせみ20

「かわせみ」の女中頭お吉が、大売り出しの骨董屋から古物を一箱買い込んできた。やがて店の主が殺され、東吾はお吉の買物の中身から事件解決の糸口を見出す。表題作など全八篇を収録。

ひ-1-67

犬張子の謎
平岩弓枝
御宿かわせみ21

花見の道すがら、るいが買った犬張子には秘められた仔細があった。玩具職人の、孫に向けた情愛が心を打つ表題作ほか「独楽と羽子板」「鯉魚の仇討」「富貴蘭の殺人」など全八篇収録。

ひ-1-68

清姫おりょう
平岩弓枝
御宿かわせみ22

宿屋を狙った連続盗難事件の陰に、江戸で評判の祈禱師、清姫稲荷のおりょうの姿がちらつく。果してその正体は？「横浜から出て来た男」「穴八幡の虫封じ」「猿若町の殺人」など全八篇。

ひ-1-71

源太郎の初恋
平岩弓枝
御宿かわせみ23

七歳になった初春、源太郎が花世の歯痛を治そうとして巻き込まれたのは放火事件だった――。表題作ほか、東吾とるいに待望の長子・千春誕生の顚末を描いた「立春大吉」など全八篇収録。

ひ-1-72

春の高瀬舟
平岩弓枝
御宿かわせみ24

江戸で屈指の米屋の主人が高瀬舟で江戸に戻る途上、変死した。懐中にあった百両もの大金から下手人を推理する東吾の活躍を描く表題作ほか、「二軒茶屋の女」「紅葉散る」など全八篇。

ひ-1-73

品切の節はご容赦下さい。

文春文庫

平岩弓枝の本

秋色《しゅうしき》(上下)

平岩弓枝

一人の男のエゴに振り回される三人の女。そしてそれは殺人事件をも引き起こす。建築家夫人、銀座の高級クラブのママ、女子大生、それぞれの生き方を通して現代の愛を描いた長篇。

ひ-1-48

春の砂漠(上下)

平岩弓枝

父の連れ子に母の連れ子、そして両親の実の子という複雑な愛憎の中で育った美しき三姉妹。砂漠の束の間の春に咲く花の如く、華やかで寂しい人生を描いたミステリー・ロマン。

ひ-1-50

芸能社会(上下)

平岩弓枝

華麗なる結婚で人気挽回をもくろんだかつてのお嬢さん女優の計算違い、代役からスターの座へ登りつめていく新人。二人の女優の明暗の中に、芸能界の裏側をリアルに描く長篇小説。

ひ-1-54

犬のいる窓

平岩弓枝

山の手の住宅地で飼犬が次々と毒殺される。事件は三年前の交通事故に関係あり、とみた犬の訓練士と気弱な獣医のおかしな二人が、愛犬ビーグルと共に謎を追うユーモアミステリー。

ひ-1-58

水曜日のひとりごと

平岩弓枝

小説に、芝居に、と多忙多彩な活躍をつづける著者が、女として妻として母として、四季の移りかわりの中で心にとめたあれこれを軽妙洒脱に書き綴った、思わず膝を打つエッセイ集。

ひ-1-62

絹の道

平岩弓枝

商社の御曹司と人気デザイナー一族、それぞれの絹への熱い思いが、新しい愛を生む。イタリア、スイス、日本、香港を舞台に、シルクを愛した男と女が繰り広げる芳醇なるロマン。

ひ-1-64

品切の節はご容赦下さい。

文春文庫

平岩弓枝の本

（　）内は解説者。品切の節はご容赦下さい。

平岩弓枝
宝船まつり 御宿かわせみ25

宝船祭で幼児がさらわれた。時を同じくして「かわせみ」に逗留していた名主の嫁が失踪。事件の背後には二十年前の同様の子さらいが……。表題作ほか「冬鳥の恋」「大力お石」など全八篇。

ひ-1-76

平岩弓枝
長助の女房 御宿かわせみ26

長寿庵の長助がお上から褒賞を受けた。町内あげてのお祭騒ぎの中、一人店番の女房おえい。が、おえいの目の前で事件が。表題作ほか「千手観音の謎」「嫁入り舟」「唐獅子の産着」など全八篇。

ひ-1-77

平岩弓枝
横浜慕情 御宿かわせみ27

横浜で、悪質な美人局《つつもたせ》に身ぐるみ剝がれたイギリス人船員のために、一肌脱いだ東吾だが、相手の女は意外にも……。異国情緒あふれる表題作ほか「浦島の妙薬」「橋姫づくし」など全八篇。

ひ-1-78

平岩弓枝編
「御宿かわせみ」読本

「鬼女の花摘み」で27巻を数える人気シリーズの魅力を著者インタビュー、新珠三千代や名取裕子、沢口靖子などを交えた座談会、蓬田やすひろの絵入り名場面集、地図などで徹底紹介。

ひ-1-79

平岩弓枝
水鳥の関（上下）

新居宿の本陣の娘お美也は亡夫の弟と恋に落ち、やがて妊《みごも》るが、愛する男は江戸へ旅立ち、思い余ったお美也は関所破りを試みる。波瀾に満ちた「女の一生」を描く時代長篇。（藤田昌司）

ひ-1-69

平岩弓枝
若い真珠

何不自由なく育った奈知子と、母の死により上京して働く久美。久美は、好意を寄せる次郎と奈知子の仲を裂こうとするが、思わぬ事件に……。「女学生の友」連載の幻の少女小説。（伊東昌輝）

ひ-1-74